文庫

HB-004

小ネタの恩返し。

アマデウスは登場しない 編

HOBONICHI BUNKO

ほぼ日刊イトイ新聞

小ネタの恩返し。

アマデウスは登場しない編

もくじ

装画・挿絵／和田ラヂヲ

今日のコドモ

全裸

近所を歩いていたら、ママチャリの後ろのカゴに**全裸の男の子**が乗っていました。周囲の人がギョッとしていると、その目線を感じた運転席のママさんがハッとして振り返り**「アンタ！　また脱いでる！」**怒られた男の子は、ニヤニヤしながら、ギョッとする大人に**お尻を振っていました。**日常茶飯事のようです。

（彼の行く末が心配）

声で

朝、保育園に行くとき、いつもギリギリでバタバタ。5歳の息子に「早くエレベーター呼んで！」と頼むと、その場で**「エレベーターーー！エレベーターーー！」**と呼び、ニコニコしてる息子。わざとなんだけど、なんだか和む母でした。

（ごま）

スーパーで

スーパーに出かけた。道すがら「お米と片栗粉を買うからね〜」と子ども（3歳ホヤホヤ）に言い聞かせつつ、何かおもしろいこと言わないかと尋ねてみた。「今日、お米と何買うんだっけ？」「かたくりこ」「なに？」**「かたくりと」**「え？」**「かたくると」**「もっかい」**「かたぐるま」**店に入ってダメ押し「何買うんだっけ？」**「ふりかけ」**買うもん変わっとるやないか〜い。

（aya）

ハッキリしている

生後4ヶ月のとき、インファントマッサージの先生に「この子はやりたいこととやりたくないことがハッキリしてるね」と言われた息子、3歳。初めて食べるおかずは、まず笑顔で「これおいしいねぇ」とほめ、次に本当は口に合わなかった場合、笑顔のままで**「もういらないです」**と言います。

（気を遣われるハハ）

ママのお腹

ママの洋服の中に手を入れて「つきちゃん、おっぱい大好きなの〜」と3歳の娘。月ちゃんが触ってるのは、**ママのお腹**なんですけど……。

（月ちゃんママ）

母のお腹

私がノロウィルスでさんざん苦しむ姿を見た4歳の娘。小さな心を痛め、とても心配したらしい。快復したあと、私が「もう大丈夫よ、心配かけてごめんね」と言うと、娘は「もうジーンズははいちゃだめだよ」とのこと。なんのことやら？　と思って話を聞くと、私が腹痛を起こした前日、**お腹にジーンズが食い込んでいる**のを見て、**そのせいで病気になった**と思ったらしい。ご心配ありがとう。本当に。

（ノロで3キロやせた）

先生のお腹

医師をしています。先日、4歳の女の子が、ママに連れられて予防接種にやってきました。神妙な面持ちの彼女、注射を無事済ませても、一向に表情が晴れません。「がんばったねー。おりこうさんだったねー」と、みんなで褒めても効果なし。そうこうするうち、彼女は「ママ、あたち、先生にお話があるの。向こうで待ってて」と、ママを診察室から追い出してしまいました。ママがいなくなったのを確認した途端、彼女の目は、みるみる涙でいっぱいに。「どうしたの？」と尋ねると、泣きじゃくりながら悩みを打ち明けてくれました。「あたちね、お腹が出てるの。パパみたいにぽーんなの。先生……あたち……**メタボ？**」聞くところによると、彼女の将来の夢は「モデルさん」なのだとか。メタボっている場合ではないと、心配でたまらなかったみたいです。「女の子のお腹は、お姉ちゃんになったらおっぱいのところに行くのよ。だからメタボじゃないの。大丈夫」と言うと、ようやくニッコリ笑って帰って行きました。嘘ついちゃってゴメンね。**先生のお腹は、今でもお腹のまんま**です。

（私はメタボ）

ぺろりが目当て

子ども二人とアイスを食べていました。私が食べ終わるのを見て、息子が「ママ、棒を捨ててあげる」と、親切に言ってくれました。「ありがとう！」と渡すと、ゴミ箱の前で一瞬とまり、**アイスの棒をぺろりと舐めた**のでした！　やめようよ……。

（ぺけちゃん）

警察で

姉の自動車免許の書き換えで警察に行った、３歳の姪っ子。キョロキョロあたりを見まわし、小さ〜い声で姉に言ったという。「お母さん、**犬のおまわりさんがいない……**」

（匿名さん）

涙目で

なかなか朝ごはんを食べない下の娘（小2）に、わたしがスプーンですくってご飯を食べさせていたところ、父親が「自分で食べられるようにならないと、携帯電話を持っちゃいけないんだよ」とたしなめた。携帯がほしくてたまらない下の娘は、涙目で**「一生、無理じゃん！」**……一生、食べさせてもらうつもりのようです。（一生、餌係の母）

ハァッ〜〜！

バーゲン狙いでショッピングセンターに行きました。下りのエスカレーターに乗ったら、下のほうから女の子の叫び声。お母さんの買い物に付き合わされて「もう歩きたくない」と訴えている。最初、なだめすかそうとしていたお母さんも「じゃあ、歩きたくないなら、ずっとそこにいなさい！」と、ひとりで上りのエスカレーターへ。その声と入れ違いに聞こえてきた、女の子の**「ハァッ〜〜！」**という大きなため息。置き去りにされたその子は、しゃがみこんだまま床を見つめ、こうつぶやいた。**「もう、つき合いきれないよ……。バーゲンっ**

てなると、見境がないんだから……」

（お母さんは結局、上の階に着くなりユーターンしてました）

L・M・N

英語の歌を歌う3才の息子。え〜、び〜、ち〜、り〜、い〜、えふ、じぃ〜……。うん、まだ発音がちょっとね。えち、あい、じぇい、け〜、**えろ、えろ、えろ〜。**

（ぴよ）

みみ

積み木で**3階建てくらいの家**をつくっていた3歳娘。しばらく眺めて「あとは……**みみをつける！**」み、みみ!?

（ぷちくま）

がた

地図を指差して**「これ、なんがたけん？」**と訊ねる4歳の息子。はじめに教えた県の名前が、新潟県と山形県だったので、どこの県にも「がた」がつくと思っているようす。「そこは秋田県。がたは付かないよ」と言うと**「じゃあ、つければ」**と息子。「困る人がいるから、ダメ」と言っているあいだに、他の場所を指差し「ここは、なんがたけん？」と聞いてきます。

（そこは北海道）

ちん

毎日、何かしら母ちゃんに怒られている3歳の息子。ぎりぎりでトイレに行ったために間に合わなかったらしく「ぬれちゃった～」と半泣きで戻ってきました。私が怒り気味に「何で!?」と聞くと「だって、**ちんが、でちゃえ～、でちゃえ～っていうんだ～（泣）」**と。

（らす）

5歳の心配

残業の多い会社員の母を持つ娘（5歳）は、私がはやく帰宅すると必ず「社長に帰るって言ってきた？　帰っていいって言われた？」と確認します。今日、ほんの出来心から「社長に言わずに帰ってきちゃった」と伝えたら、みるみる困った顔になり**「クビになる……。代わりに電話してあげようか」**と本気で心配してくれました。

（ひなちのママ）

5歳のささやき

5歳の娘。チャイルドプルーフの薬のフタは「大人しか開けられないんだよね〜」と教えると、ある日、**フタに「大人です」とささやいて**開けようとしていた。

（みくぽんち）

5歳のプライド

まだ自転車の運転がおぼつかないので、ちょっと遠くにお買い物に行くときは、ママの自転車の後ろに乗らなくてはいけないのがご不満の5歳の娘。ある日、ママの自転車の後ろに乗りながらコドモ座席の背もたれを指さして「ここに**自分の自転車を持っていますって書い**

て貼って！」

（匿名さん）

5の倍数

次女が中学一年生になったばかりの春。はじめての試験を終え、テスト用紙を持ち帰ってきた。うれしそうに「お母さん、見て、すごいんだよ！」と言うので、そんなに高得点とったのかいなと、半分期待しつつ見たら。**25点、30点、35点、20点。**なんだこれ。あまりの低さにびっくりしていると、**「ね、ぜんぶ5で割り切れるんだよ！」**一瞬で叱る気力が蒸発した。

（くぼっち）

ママのお化粧

お盆に実家に帰ったら、妹と姪が来ていた。「ママは？」と聞いたら「上でお化粧してるよ。**まあ、たいした化粧でもないんだけどね**」と、すまして答えた姪っ子は小3。

（私はすっぴん）

どんぐりころころ

最近、ピアノの弾き語りにはまってる2歳9ヶ月の娘。適当に弾いては、歌ってます。「どんぐりころころ　どんぐりこ〜　おいけにはまって　**ちょーたいへん」**

（あこはは）

います

最近、言葉が良く出るようになった1歳8ヶ月の娘。とーちゃんかーちゃんも言えるように。ある日、私たち夫婦の結婚式の写真を見つけ、真っ先に「とーちゃん！」と夫を指差しました。「すごいね〜とうちゃんいたねぇ。かあちゃんは？」**「いない！」**

（おじこ）

テープで

買い物のとき「（レジ）袋は要りません。テープだけでよろしいです！」とレジの前で絶叫する娘、3才。車のディーラーの前を通るたびに**「車**

を買ったら大きな袋に入れるのかな？ もったいないから**テープのほうがいいよね」**と心配している。袋に入れられてもいやだけど、新車にテープ貼られるのもいやだな……。

（エコ娘の母）

お風呂にて

小5の息子が幼稚園だったころ。お風呂で急に「ぼく、小さいころ、**ビー玉飲み込んじゃった**みたい。ママ、どうしよう!?」って、**タマタマを見せながら**泣きそうな顔に。もーーーこれだから、男の子ってかわいいのよねっ!!

（今もホントに可愛い）

お風呂にて2

最近、ひとりでお風呂に入れるようになった5歳の息子。今日は久しぶりに、いっしょにお風呂に入ったので「シャンプー、ママがしてあげようか？」と言うと**「じゃあ、お言葉に甘えて……」**（AZM）

お風呂にて3

小学1年の姪と風呂に入ったら「おねえちゃんのおっぱい**ちょっと垂れてるね**」と言う。そして私の胸を使い「ばあばはこれくらい(下めに)、おかあさんはこれくらい(上めに)、だから、おねえちゃん**ちょっと垂れてるね**」さらに**「彼氏がいないと垂れるんだよ」**誰の入れ知恵だ?

(匿名さん)

スーパー銭湯にて

スーパー銭湯に、小学校中学年くらいの兄弟がふたりで入っていました。お兄ちゃんは弟のはしゃぎように、気が気じゃありません。弟「兄ちゃーん、ろてん風呂行きたーい」兄「ダメだ! かってに行くな!」弟「え~!」兄「ダメ!」弟「……やっぱりボク行っちゃおーっと!」兄「あっ!」するとお兄ちゃん、スゴく悔しそうに最後に言いました。

兄「ろてん風呂、**ばくはつするからな！」**ありったけの思いを込めて。
お兄ちゃんって、大変だよね。

（第一子の会会長）

添い寝

わたしが体調を崩しベッドで横になっていると、必ず「大丈夫？」と言って添い寝をしてくれる年長の息子。「うれしいな、いっしょに寝てくれて。大きくなっても寝てね」と言うと「うん。じいじになっても寝てあげる」と、優しい言葉。それが最近では**「ガイコツになっても寝てあげる」**に変わった。嬉しいけど怖い……。

（私の方が先にガイコツ）

声が漏れました

まだオムツの取れない2歳の娘と朝ごはんを食べていたときのこと。
動きが止まり真顔で一点を凝視している。あ、もよおしてるかな？

……と思っていたらぷぅとおならが出ました。娘はひとこと**「う〇ちの声」**と。

（みーちゃんママ）

生えきってます

何年か前、幼稚園児だった姪っ子と、お風呂に入っていました。私は大学生だったのですが、姪っ子がじっとこちらを見てくるので「なに？」と訊くと**「おっぱい生えかけなん？」**と、真顔で言われました。いや、もうずっと前に生えきってるけど……。

（まな板）

人です

以前、せがれ（3歳）がテレビで勘三郎さんを見て**「すごいお人形だ」**と感心しまくっていた。人だとは言い出せなかった。

（フク）

招く

中学受験を控えた息子と国語の勉強。母「大は小を……何?」子**「招く」**
母「何で?」子「だって**う◯こすると絶対、小も出るもん」**　トホホ。
（匿名さん）

カウントダウン

もうすぐ3歳になる子どもに、数字を教えています。10から逆に言ってごらんと言うと……「じゅう、きゅう……いち、ぜろ、**びーいち!」**

（マンション育ち）

カウントダウン2

お風呂大好きな息子、7歳。昼間いっぱい遊んだので、湯に浸かったまま寝そう。母「そろそろ出たら?」子「うん、じゃあ10数えてから出る。じゅーう、きゅーう、はーち……」母「ふつう1から10に数え上げるんじゃないの?」子「これでいいの! えっと、じゅーう、きゅーう、はーち、なーな、ろーーく、**ごーーー……」寝てしまった。**

怒りのカウントダウン

「もうっ！　50秒以内にあやまらないと、おかあさんのことゆるさないからね！　いくよー！　50、49、48……」理由はわかりませんが、娘（5歳）が怒っています。ただ、1から50まで数えるのでなく、**50からのカウントダウン**なんて「娘にできるのか？」と思い、しばらく聞いてみることにしました。「……35、34、33、うーんと、**34、35、36、**あれっ？　40、39、38、**39、40……」**しばし沈黙のあと**「あ、おかあさん。この絵本おもしろいんだよ。読んでー」**ずいぶん大きくなったと思っていたけど、やっぱりまだまだコドモね〜。

（自己催眠）

（きらりん）

カレーは例外

「今日も晩ごはんはハンバーグ」と騒ぐ4歳の娘に「ママは栄養を考

えて作ってるんだから、2日続けて同じものはダメ」と言ったら「カレーは、さんにち(3日)くらいつづくじゃない。**カレーはいいんだ？カレーは？」**と。**カレーはいいのです。**2日目のほうが美味しいんです。

（りんママ）

合掌

仏壇に手が届くようになった1歳半の甥っ子。鈴を鳴らして手を合わせることを覚えました。先日、**トーストが焼けると、**台所にやってきてナムナムしてました。

（おおきいばあちゃん、喜んでるかな）

兄の叫び

小学生を中心とした画塾の講師をしています。和気あいあいとしたムードの教室なのですが……。小学2年生の男の子が「きょうはーもう疲れたなぁ、ここでやめたいー」と絵の途中で言い始めました。「もうちょっとだけ、がんばろうよー」と私が励ましても、やる気が出ないようす。すると彼のお兄ちゃん（小3）が、いきなり立ち上がり言い放ちました。「何を甘えたこと言ってるんだ！　**命がけで描く気がないなら、絵の教室なんかやめちまえ！」**すみません、先生にも命がけの気構えはありません……。

（そんな教室だったなんて知らなかったわ）

魂の叫び

息子が、年少さんで入園したばかりのときのことです。朝な夕なに「行きたくない」と言うのを、なだめすかす日々……。地べたに園帽子をたたきつけ、家に逃げ帰る朝、台所の私にまとわりつく夕方。あるとき、ついに魂の叫びが炸裂し**「かぞくは、いつも、いっしょでしょ！」**あのころの君を、もう一度ぎゅっと抱きしめたいなあ。

（いまやすっかり親離れ）

メモ

7歳の娘の部屋に落ちていたメモ紙には、たった一行**「すもうたいけつしませんか」**と書いてありました。

（ハイジ）

メモ2

文字を覚えたばかりの4歳の娘が、買い物メモを「書きたい」というので「食パン、牛乳、バター、じゃがいも」と言った。渡されたメモを見ると「しょくぱん　ぎうにう　ばた　じゃがいも　**ぽぷこん　おもちゃいこ」**ポップコーンとおもちゃが1個、ほしかったんだね……。

（匿名さん）

メモ3

テレビを見ていた娘が、何やらメモをし始めた。あとでこっそり覗いてみると、そこには**「とりのないぞうはとりもつ」**と、つたないひらがなで書かれていた。

（6歳の小さいおばちゃんのはは）

慧眼

幼稚園のクリスマス会で、サンタさん（園長）からパズルをもらってきた4歳娘。「今日サンタさん来たんでしょう？　本物だった？」と聞くと、フフッと笑い**「あれはアルバイトだね。だって本物がパズルしかくれないはずないもん」**（影の準備が超多忙）

ノウ

「おっぱーい、ぱいぱーい」と歌いながら、乳を飲みに来る2歳のせがれ。「たまにはジイジのパイでも飲んだら」と言ってシャツをまくるじいちゃん。新しいおっぱいに喜んで駆け出したが、じいちゃんのおっぱいを見て**「ノウ」**と冷静に断っていた。なぜ英語……？（フク）

直談判

保育園の昼ごはんで「いただきますの歌」を歌うらしいのだが、姪が「うどんのときに歌はやめてください。**のびて美味しくなくなるから**」と直談判に行ったらしい。

（かしわこ）

多要素

8歳の子どもに似顔絵を描いてあげたら、すごくよろこんでくれた。「じゃあ、ママの似顔絵描いて」と言うと「でもなー、ママの顔って**ほくろ**とか**しわ**とか**毛穴**とか**描くものいっぱいあるから大変**やねん」

（はせっち）

肉各種

先日の参観日にて。先生「ライオンの前に立つと、どんな気持ちになりますか？」生徒Ａ**「肉になった気持ちです」**先生「おー、こわいね！

他には？」生徒B「……牛肉になった気持ちです」先生「他にちがう気持ちになった子はいますか？」生徒C**「……豚肉になった気持ちです」**

（匿名さん）

大発見

コアラのマーチを食べていた4歳の甥っ子が、コアラのマーチをまじまじと見て大発見。**「あれっ！　これってコアラじゃん！」**いままで何のマーチだと思って食べていたのだろうか……。

（匿名さん）

大発見2

4歳娘との会話です。娘「ねぇ、私が生まれたのって、何月何日？」私「8月5日だよ」娘「えぇ！　それって！　**私の誕生日と同じじゃない！**」すごい！」誕生日とはなんぞや、から説明したほうがいいのか？　でも、このままでもおもしろそうだしなぁ。いつ真相を知るかしら。

（どちゅ母）

乳とチャーハン

2歳になっても乳を飲むせがれに「おっぱいおいしいの？」と尋ねると**「チャーハンのほうがおいしい」**と言われた。

（ヤマビコ）

優雅な感じで

いつもは、牛乳一気飲みの5歳の娘。今日はチビチビ、やたら時間をかけて飲んでいる。「何でそんなにゆっくり飲んでるの？」と聞くと**「奥様のコーヒーみたいに飲んでるの」**と。

（紅茶好きの母）

イヤイヤ期

返事は「イヤだ」の2歳の娘。トイレに行くのも「イヤだ」やっと入ったら今度はトイレから出るのも「イヤだ。まだある」ここでの不毛な戦いはお互いにストレスが溜まるので放っておきました。数分後、トイレは妙に静かです。そっと覗くと、娘は便器に座ったまま、**前屈の姿勢**

で寝てました。恐るべしコドモ！

（ピンクの鬼さん）

惜しい

ちびっこたちの絵の先生をしています。Mちゃん「ねぇねぇ、『耳なし芳一』って怖い話、知ってる？」Hちゃん「知らなーい」Mちゃん「ほらほら〜、耳だけお化けに取られちゃう話だよ！」Hちゃん「あー、思い出した！　楽器持ってるよね、楽器なんだっけ？」Mちゃん「えーとね、**ウクレレ**」

（ヤヘ）

悲しい

4才の長女が寝る前に桃太郎のお話をはじめました。「むかーしむかし、あるところにおじーさんと、おばーさんが住んでいました。おじーさんは、**山にシバかれに行きました**」

（まよのとうちゃん）

厳しい

喫茶店でバイトしています。ある日、祖父母、娘、孫二人の5人チームが来店し、かなり込み入った注文を受けたのですが、私はメモもとらず、すらすらと復唱しました。(こういうこと、得意なんです) そして、おばあちゃんに「すごい! よく覚えられたわねえ」と褒められて「いいえ……」と少し照れてました。すると、お子さまのひとりが一言**「それが仕事だからね」**

(ナマイキちゃん)

科学の進歩で

駅に飾られた七夕飾り。「かがくがしんぽして**しゅくだいがなくなりますように」**……それは、だいぶ先になりそうです。

(ドラえもーん、何とかしてー!)

怒っています

夕食を食べ終わらないのに、席を立ってうろうろしはじめた2歳半の娘。怒った顔をして呼び止め、低い声で「お母さん、今、どんな顔してる?」と聞いたら、上目遣いでじっと私の顔を見つめたのちに**「タコみたいな顔……」**

（タコちゃん母より）

キノコ

もうすぐ幼稚園のお泊まり会。おうちでキャンプファイヤーで歌う歌を披露してくれました。調子っぱずれも、歌詞の間違いもいつものこと。笑ったら拗ねちゃうので黙ってニコニコ聞いていましたが「♪火ーの粉を巻きー上げー」のところを**「♪キーノコを焼きあーげー」**と歌ったときには、こらえきれず吹き出してしまいました。

（きのこのおやこ）

見慣れないモノ

我が家の3歳男児が、ご近所の小柄でグラマーなオバちゃまと立ち話をしていました。オバちゃまは、息子のために腰を少しかがめる姿勢でお話してくださってました。すると息子、ふと話をやめ「コレ何？」とオバちゃまの**小玉スイカほどのオッパイを両方の手で下から持ち上げました。**ミルク育ちだもんね……。

（福岡県・胸のない母）

トイレにお願いします

ピカピカの一年生の担任をしています。50音をやっと覚えたけれど、まだ小さい「つ」など、苦手な平仮名がある子もちらほら……。『大きなかぶ』のお話を習ったあとのテストでのこと。「なんと言ってかぶをぬきますか？」の問いに**「うんこしよどこいしょ」**と、丁寧な字で、大きく書いてくれました。

（お話が変わっちゃうね）

大きな間違いはなさそう

それは上のムスメが4歳のころ。たまたまつけたテレビの画面がアメフトでした。どうもNHKのBSだったようです。「これ何？」と、ムスメ。「アメリカン・フットボールっていうスポーツだよ」と母が答えたら**「あめ**

りかん・もってけぼーる?」

（ゆみさまま）

のり弁

8歳、5歳、0歳の3人のお母さんをしています。毎日、家事と育児にいっぱいいっぱいでついイライラがたまってしまい、思わず小言のついでに「もぉ〜〜！　お母さんは家出したいっ！」と、爆発してしまいました。子どもたち、一瞬静かになったあと、隣の部屋でひそひそ声が……。弟「家出って何？　お出かけして、帰ってくるんだよね！」姉「違うよっ！　家を出るって書いて家出だよ！　帰ってこないんだよ」弟「えぇ〜っ!?　どうする!?」姉「お母さんがいないと、ごはん食べられないよっ。生きてけないよ〜。そうだ！　お姉ちゃんのお小遣いで、お弁当買おう！」そして二人で、某お弁当チェーン店のCMソングを楽しそうに合唱。**「♪のり弁250円！　のり弁♪　のり弁、のり弁、のり弁〜♪」**怒った私が馬鹿だった……。チーン……。

（のり弁に負けた母）

きれいな……

近所のスーパーで4〜5歳の男の子とお母さんが買い物をしていました。男の子「ちんちん！　ちんちん！」お母さん「やめなさい！　人前で、そんなきたない言葉！」男の子**「きれいなちんちん！　きれいなちんちん！」**私は一人で笑いをこらえるのに必死でした。

（匿名さん）

健1

ひらがなが書けるようになった甥から、はじめて届いた年賀状の宛名。**「○○けん1」**さま。そんな甥も年が明けたら就活です。

（健一の妻）

週2

会社の先輩は「お父さんが子どものころ、サザエさんは週に2回やってた」と話したら、小3の息子に**「えー！　ずるい！」**と、怒られたそうです。

（匿名さん）

忘れない人の意

私の忘れっぽいところが気になっている4歳の息子。いつも何かにつけて「ママはわすれんぼう」と、言われる始末。1月1日、みんなの前で「ママ、ことしは、たくさんお勉強すれば、**おぼえんぼう**になれるよ」

（新年早々、抱負を決められる母）

息子のスゴ技

息子が小学校低学年のころ、妹二人が激しく口げんかをしました。女二人の一歩も引かない言い合いのさなか「お兄ちゃんは私の味方だよね！」「違うよ。私の味方だよねっ！」「どっちの味方!?」「どっちの味方!?」と、いきなり巻き込まれてしまいました。「う〜ん。ぼくは……**仲良くする子の味方だなぁ」**と。お兄ちゃんを味方につけたい妹たちは瞬く間に仲直りして、また一緒に遊び始めました。息子よ、そんなスゴ技をどこで……。

（ぴーちーきーん）

空席のランドセル

電車に乗っているとランドセルを背負った小学校低学年くらいの男の子が、空いた席に自分のランドセルを置きました。そして、ランドセルはそのままで違う車両に行ってしまいました。迷惑だなぁと思っていると、さっきの男の子が戻って来ました。そして妊娠中の女性に「ここの席どうぞ」と言い、ランドセルをどけたのです。男の子は隣の車両に立っている妊娠中の女性に気がつき、自分のランドセルで席を確保したらしいです。とっても、気がきく素敵なコドモでした。迷惑だなんて思っちゃってごめんね。

（コドモの力は無限大）

子のオナラ1

生後1ヶ月半の息子が**自分の大きなオナラで泣きました。**

（ｔｏｍｏｋｏｎ）

子のオナラ2

うちの3歳の次男は、5歳の長男が風呂あがりにこいた**「ぴ〜」**という弱々しい屁の音を、**お化けが出た音**と勘違いして、恐怖で震えておりました。

（ぶたこう）

信じられない嗅覚

4才になる息子と散歩していると、どうやら、マンションの住人の台所のマットが落ちていました。「どこの洗濯物だろう？」と言うと、息子は突然「○○さんのものや！」と言いました。「何で分かるの？」と尋ねると**「匂いで分かる」**と言って、○○さんのお家まで持って行きました。……なんと大正解。一体いつそんな嗅覚を身につけたんだい？（ボサパパ）

メッセージ

バレンタインデー。7歳の娘が昨年定年退職した大叔父にチョコレートと一緒に渡そうとしたメッセージ。「おしごとやめちゃたんだって？　いいとこいってたのに……。**がっかりだよ！」**　メッセージは渡せません……。

（匿名さん）

こびと

畑の農薬散布作業中のヘリコプターを見た小学1年生の娘が「誰が運転してるの？」と聞くので、冗談で「こびとだよ」って答えました。すると娘が「ふんっ」とハナで笑ったので「小学1年生にはもう通じないか」と思ったら……。「ママ。こびとってのは、**めったに会えない**んだよ。**サンタクロースとかと同じくらい珍しい**んだから！　**そのへんにはいないと思うよ」**と力説。まだまだファンタジーの世界にいるんだなぁ。

（なつのままで）

ごはんとルー

戦国時代にはまっている小学1年生の息子。夕食にカレーライスを出したら、ごはんとルーがキッチリ分かれていたのを見て、「わー、**ごはんとルーの合戦**みたいだね！　**いただきます！**」そして一口食べるごとに、「あ、ルーの軍隊が攻めて来た！」「こんどはごはんの軍隊が、攻めて行った！」「ごはんの軍隊は穴を掘って罠を仕掛けたぞ！」「ルーの軍隊は、罠にはまった！」「脇から味方が、流れ込んできて助かった！」と皿上の合戦を楽しんでいる。ところが、カレーライスを6割ほど食べ終えたころに「あ、今、**ごはんの軍隊の殿が食べられた！」**と**突然の終焉。**どのごはん粒が、殿だったの？　（カレー合戦）

豆まき

2歳の息子の保育園で節分の豆まきがあった。「みさちゃん」と呼ぶお気に入りの先生が、バレバレの青鬼のお面をかぶって豆まきをしたらしい。しかし超ビビリの息子、予想通りの、大号泣。挙句に、床に伏せて**死んだフリ**をかましたらしい。その「恐怖の節分」から2週間。いまだに**「みさちゃん、こわい」「みさちゃん、バット振り回してきた」**（鬼の金棒のこと）と、毎日言う。そして昨日、ついに**「みさちゃんの中に、鬼がいる」**とまで。そんなものまで見えるのか、息子よ。（かい）

3人の忍者

公園を通りかかると、元気に駆け回る3人の少年がいた。幼稚園の年長さんくらい。ひとりの子が「オレ、瞬間移動できる忍者〜！」と言えば、もうひとりは「じゃあ、オレ、空を飛ぶことができる忍者〜！」忍者ごっこをしているらしい。と、3人目の子が焦ったように「じゃ、じゃあオレ、**覚えたもの忘れない忍者〜！」**と。即座にふたりから**「そんなのないよ」**って言われてたけど、それはそれで、斬新でいいと思う。

（忍者としてはどうかと思うけど）

将来の夢

七夕のシーズン、幼稚園にはたくさんの短冊。何気なく読んでいると「おおきくなったら**2さいになりたい**です」と。おおきくなってないと思う。
（ののの）

命名

3歳の息子が初めてアマガエルを手にした日。なぜか**じっとニオイを嗅ぎ、**誇らしげにひとこと。「おかあさん！　このかえるの新しい名前は**ナマガエルに決定！」**
（あんたは最高！）

無茶なお願い

甥っ子がまだ4歳のころ。はじめて床屋さんで髪を切ってもらうことになり「散髪屋のおっちゃんにな、男前にして下さいって言うんやで」と母親。甥は緊張しきった面持ちで床屋の椅子に座り**「お、男にして下さい」**と。床屋さんは「おっちゃん、男にはようせんな〜」と。
（その甥も今年6年生・つげ）

芥川賞

我が家の小学生の息子が**「芥川賞とるから、紙を買って」**と言い出しました。せっせと机に向かって何かを書いております。「作文じょうずになるかしら」とちょっと期待。しばらくしたら、丸めてぽんぽん放り出した。**「芥川賞ってこうするんでしょう?」**　（ぶーふーうーの母）

行きたい理由

5歳の姪（みーちゃん）が、我が家へ来て言いました。「みーちゃん、スペインへ行きたいの」何で、と問うと**「イベリコ豚が食べたいから!」**いつどこでイベリコ豚なんて知ったんですか？　そして、それがスペインで食べられると、なぜ知ってるんですか？　（桜）

上下

知り合いのお子さんが小さかったとき、食卓でウェハースを食べていたパパに「それなぁに?」と聞いたそうです。パパが「これはウェハースだよ」と言うと、その子はウェハースの下の部分を指して「じゃあ、これは、**したはーす？」**か、かわいすぎる!!

（mocmoc）

ずっといっしょだった

テレビで外国の旅番組を観ていたときのこと。「あ、お母さん、ここ行ったことあるよ」と3歳の娘に自慢げに言うと、娘も「わたしも行ったことあるよ」と。よくよく聞くと「お母さんがう〜んと小さい赤ちゃんのころから、ずっとお母さんのお腹の中にいたんだよ。だから、お母さんが見たのと同じの、ぜ〜んぶ見たことあるんだ」と言うのです。負けず嫌いの娘が苦し紛れに言ったこととはいえ、その言葉を聞いたとたん、私の過去のすべてが「一人じゃなかったんだ」と思えて、じんわ〜りとした幸せに包まれました。

（匿名さん）

じゅうじゅう

いままで「30」くらいまでしか数えたことがなかった、4歳の娘。今日はもっと大きな数まで挑戦するらしい。「きゅうじゅうご、きゅうじゅうろく、きゅうじゅうなな、きゅうじゅうはち、きゅうじゅうきゅう……」おっ、100までいけるか⁉ 日記につけなきゃ！ と思いきや、少し考えたあと**「じゅうじゅう！」**き、気持ちはわかるよ……。

（日記には書いといた）

しっくりこない

6歳の息子が夕食のとき「いただきます……いただきます……いただきます」と3回唱えた。「なんかのおまじない？」と聞くと「んー、なんか、**いい感じのいただきますができなくてね」**こだわりの男だなあ、お前は！

（ルーシーちゃん）

希望パンツ

昔話が大好きな2歳の娘。トイレトレーニング中に「かわいいパンツ買ってあげるよ、何のパンツがいい？」と聞くと**「かさじぞう」**と。売ってない……。

（よっしーママ）

基本は片道

次男が長男にしていた質問です。**「三途の川の渡し賃って往復？」**

（高校一年生）

似てるけど

「ママー。これ、ぜんぜん温かくならなかったよー」と帰宅した娘の手を見てびっくり。それはカイロじゃなくて、**ダイエット茶の紙パック**だってば！

（太っちょかぁちゃん）

がんばれる理由

我が家は母子家庭。12歳の息子は、そろそろ生意気盛りです。話しかけても無視することもあり、近づくなと言わんばかりの態度を取ることもあり。土曜出勤の朝は、学校もないので、コドモを起こすこともなく、ごはんの用意だけして出かけるのが当たり前になっている。それが今日。

出勤しようと玄関のドアを開けたら、コドモがダダダーっと走ってきた。そして、私に抱きつき「いってらっしゃーい。あ〜よかった、『いってらっしゃい』が言えて」……泣けるなあ。これがあるから、がんばれる。がんばるよ、お母さんは。

（だいち）

いつも最後の理由

5歳の娘は超おっとりさん。先日も、春休みの短期スイミングで見るからに小さな子にも押されどかされ、いつも順番は最後。他の子が5回できることも、抜かされっぱなしで3回くらいしかできず。来年は小学校なのに「こんなので大丈夫なの？」と見ていて悲しくなりました。更衣室に帰ってくるのも、いちばん最後。そうしたら、先生が教えてくれたんです。途中、自然に閉まるようになっている引き戸があって、娘はいつもそこで扉を押さえているんだとか。「小さな子が通るときに危ないからね」そう言って待ってあげていると。あなたはとても優しい子に育っているんだね。お母さんはとても嬉しいよ。

（せっかち母）

孫のボヤキ

遊びに来ていた3才の孫が帰る時間になって、玄関で靴を履きながら「あーあ、また明日から保育園ばっかりや」と言ってました。「おばあさんだっておお仕事ばっかりやで」と言いますと**「大人と子どもはちがう」**と言われました。（ひよこ）

息子のお辞儀

1歳半になる息子。最近「こんにちは」と頭を下げるのを覚えたところ。今日もテレビに向かって頭を下げていたので「誰にご挨拶かな～？」と思ったら、不祥事を起こした企業の**謝罪会見**だった。（フラニー）

営業

最近、耳から入る言葉を復唱するようになった3歳の息子。だけど、保険のCMを見ながら**「ホケンリョウ……ミナオシ……マズハオミ**

ツモリ」と言うのはやめてほしい。

（ママは掛け捨て）

それ子ども番組？

子どものころ、母との間では「子どものテレビの時間が終わったら、お布団に行かなきゃいけない」が合言葉でした。ひらがなが読めるようになってきたある日、母が「もう子どものテレビは終わったから、寝なさい」と。しかし私は新聞のテレビ欄を持って来て、母に抗議。「まだあるよ、子どものテレビ！『**とんねるねずみのみなさん、おでかけです**』が！」

（ａｙａｙａｍ）

園児の「遊び」

友だちの甥っ子は、私とお風呂に入る、いっしょに寝る、怪獣ごっこをする、私の車で2人きりのドライブをする……などラブラブだった。幼稚園へ行く前には「ぼくは大きくなったらリエ（＝わたし）と結婚するんだ」とまで。しかし、幼稚園入園後に「大きくなったら、リエと結婚するんだよね〜」と聞くと**「……リエは遊びだ」**

（りえ）

じいじの「停電」

息子が3才くらいのとき「停電」という言葉を覚えました。ある日、曇り空を見上げ「おかあさん、お日さまが停電だね」とつぶやきます。「我が息子ながら、なかなか詩人だなぁ」と思って誉めちぎったその晩、薄くなったじいじの頭を見て**「じいじ、もうすぐ停電だね」**と言い放った。

（爆笑の渦）

フランスからバカンスで

広島の釣具屋で釣り談義をしているところへ、青い目をした金髪の兄弟（10才と8才くらい）が、エサを買いにやって来た。兄**「青けび500円分ください」**私「君ら、何釣るん？」兄**「キスゴ**じゃろ、**チヌ**じゃろ……」私「ほー。君らどこから来たんか？」兄**「フランスじゃー」**私「ほうか。広島にはお父さんの仕事か何かで来てるんか？」

兄「**バカンスじゃーっ！**」

（バカンスかぁ〜）

○×

小学1年生の姉を相手に5歳の弟が英語の手ほどきをしていた。弟「これは英語でなんと言いますか？」（手には林檎のおもちゃ）姉「アポゥ〜！」弟「イエース！　グット、**マール！**」姉「イエーイ！」弟「じゃあこれは？」（手には電車のおもちゃ）姉「バース！」弟「イエース！　グット、**バーツ！**」姉「オー、ノー！」

（判定は日本語なのね）

テレビ

うちの4歳のおチビは「テレビ」のことをはっきり「**テベリ**」と言います。先日も興奮したようすで「あのね！　テレビでね……あっ、**まちがえた！　テベリでね〜**」合ってたのに……。

（まりはな）

見間違い

朝、幼稚園に向かう道で「あ！　あそこに**かわいいクマさんのストラップ**が落ちてるー！」そういって数メートル先の電柱付近まで走っていった娘。が、シュンとして戻って来た。それはクマのストラップではなく、**犬の落とし物**であった……。

（mumu）

ポニョさん？

ポニョの歌を歌う、小学2年生の息子。「ぱーくぱくぎゅぎゅっぱーくぱーぎゅぎゅっ**おーとーこーがーだーいすきー**」ポニョの人格が変わっています。

（もちんな）

父の超能力

小学生低学年くらいまで、赤信号から青信号に変わると同時に車を発進させる父に、本気で**「超能力がある」**と思っていました。「青になるのがわかるなんてすごい！」と。しかし信号の仕組みを知ってしまったある日気づきました。**お父さんは超能力者じゃなかった……。**

（匿名さん）

好物

電車の中での出来事。3歳くらいの男の子が乗ってきて、お母さんのカバンの前にあるポケットをがさごそ。大好きなお菓子を取って、うれしそうに「ねえ、食べていい？」するとお母さんが「そんなん今食べたら、**ワカメが食べられなくなるよ」**とニヤリ。すると彼の顔がサッと曇り「うー……」となりながら、**お菓子をカバンに戻した**のでした。「お菓子よりワカメ」なんだ……。

（彼は坊主頭だった）

好物2

スーパーのレジのアルバイトをしていたときのお話です。熱心にお菓子をねだる5歳くらいの女の子。どんどん勢いを増していくその子の攻撃に、だんまりを決め込んでいたお母さんが、とうとう口を開きました。「そんなに言うなら昆布巻き返すよ！　お菓子と昆布巻きどっちにするの!?」驚いて手をとめて二人を見ていると、悩みながらこう答えました。**「……昆布巻き」**この子とは友だちになれそうだと思いました。

（お惣菜大好き）

有料

久々に会った甥（9歳）の頬っぺたを撫で回していたら「何回でもすべすべしていいから**百円ちょうだい」**……一瞬、いろんなモノが見えた気がしました。

（フルフルボウズ）

ヒートアップ

ある暑い日、新宿駅前のエスカレーターに乗っていました。私の前には2人の小学生。上に立っていた子が疲れた顔で振り向き、「俺、今エアコンがほしい」と言いました。本当に暑かったんです。すると下の子は「僕は扇風機」と控えめに答えていました。その後の会話をぼんやりと聞き流していると、下の子がちょっと大きな声になって**「じゃあ僕は、南**

極!」と言っていました。何が彼の競争心に火をつけたのか。（す）

恋愛について

公園にて、小学1年生くらいの女子が、同じ年の男子に向かって「友情から大恋愛って生まれないよね」と、**逆上がりしながら言っていました。**（sajimaki）

一生のお願い

長男（小4）と次男（小2）が「今日の晩ごはん、回転寿司がいい!」と言い出しました。「だめ!」「連れてって〜!」「だめ!」「連れてって〜!」というやりとりの後、次男が長男に**小さな声**で言いました。「使っちゃう? あれ……**一生のお願い!」**回転寿司に「一生のお願い」を使わせるのはかわいそうなので、連れて行ってやりました。（YK）

魚類

職場の先輩の長女（当時4歳）は、先輩が第二子懐妊中、性別もわからない時期から「名前はナナちゃんがいい」と言い続けていました。ところが8ヶ月くらいになって、とつぜん「赤ちゃんの名前、**マグロがいい！」**と言い出したそうです。

（ぱぴ）

魚類2

私（母）が大好きなNHK天気予報に毎日付き合う小1の息子。「あの、にっぽんのエイがさー」「エイ？」テレビ画面上の日本地図を二度見して「これ？」と指差すと「そう、エイ」と。**「北海道」**でした。

（魚博士になる予定）

珍解答

弟が小学生のときの理科のテストで「固いビンの蓋を開けるにはどうしたらいいですか？」という問題に**「お母さんに開けてもらう」**と答えてました。ある意味正解！

（バカ力ねーちゃん）

珍解答2

漢字テストにて。たった1問、読みの問題を間違っていました。「足す」の回答欄に**「そっくす」**との答え。

（匿名さん）

珍解答3

漢字プリントの宿題をしていた中一の娘。「徳川のマイゾウキン」という問題に真っ先に浮かんだ文字が**「徳川のｍｙ雑巾」**だったと。……大丈夫か、我が娘。

（金糸銀糸かな）

珍解答4

小2の長女が漢字テストを持って帰ってきた。1問間違い。「湿り気」を**「しめり毛」**と。夫婦で爆笑。2年後。次女が漢字テストを持って帰ってきた。1問間違い。そこには、あの珍解答**「しめり毛」**が……。デジャヴ。そんなふうに間違わないといけない問題だろうか、と笑いつつ頭を抱えました。

（ドライヤーでしっかり乾かしましょう）

正しい解答

ピカピカの小学1年生になってもうすぐ3ヶ月の甥っ子たち。ちなみに双子。何をやるにもはりきっている。得意げに見せてくれた国語ド

リルにも名解答。例文「おとうさんは、いつからはたらきますか。おとうさんは、あさからはたらきます」に倣って答える問題。「おとうさんは、いつまではたらきますか」の問いに対して「おとうさんは、**いつまでもはたらきます」**と答えていた。しかも二人そろって。

（正解は「よるまで」でしたが、二人が正しいと思う）

もっともな解答

弟が小学生のころ、持ち帰った国語の答案用紙を見ていた母がふふふと笑いながら「うん……ま、そやわな」とつぶやきました。見ると、大きなバツがついています。そこには「Aさんは、このときどんなきもちだったでしょう」という問題が。弟（当時8歳）の答えは**「ひとのきもちはわからない」**でした。……うん、ま、そや……けどな……。（匿名さん）

心配な解答

「入」という漢字を使って文を作りましょう、という国語テストの答えが**「じょしべん（女子トイレ）に入る」**7才長男の行く末を心配するべきでしょうか……？
（とり母）

解決

6歳の甥が泣きそうな顔で「どうしよう」と言うのでわけを聞くと「地球と太陽がぶつかったらどうしよう」と言う。居合わせた両親の姉夫婦、ジジとババ、叔母の私で、地球を救うためにいろいろ提案。有力候補である「甥が正義の味方に変身し、太陽にアンパンチ案」は、太陽が壊れると真っ暗になるからと却下。地球と太陽が動かないように**そこらへんの木に縛り付けておく案が採用**となり、笑顔で甥は帰っていきました。

（こうして地球は救われた）

きれいなのは

昔、幼稚園で。4歳の息子が、いつもニコニコしている先生に「せんせい、きれい！　きれい！」先生、ますますニッコリして「あらー、うれしいわ！」息子ふたたび「せんせい、きれい、**ギンバ、きれい！」**
先生が涙目でひくひく笑いながら報告してくれました。

（先生は歯が命）

恋バナ不能

20歳の娘が仲良し4人組でお泊りパーティーを計画。ガールズトークで盛り上がろうと意気揚々と集まったものの、**全員恋愛経験ゼロ**だというこことがわかり、揃って**8時間寝た**そうな……。

（話題は他にもあるだろうに）

ママのにおい

スーパーでの出来事。3歳くらいの女の子が「ママ〜！」と、お母さんの両足に抱きつきました。すると女の子が**「臭ッ！」**お母さんは**「臭いって何よ！」**と慌てて女の子を抱き上げ、帰って行きました。じわりじわりと笑いが込み上げてきました。

（ファブリーズ）

ママのにおい2

入院中の5歳の息子。抱っこして寝かしつけていたら、「ママ、いいにおい」「どんなにおい？」**「ちくわ」**　（ただ今、絶食中）

対決

仕事柄、保育園に行くことがあるのですが、この前、男の子に「エグザイルって知ってる？」と訊かれました。「知ってるよ」と答えると、そばにいた女の子が、「じゃあ、アンパンマンて知ってる？　あのね、仲間たちがいっぱいいるんだよ」私が「うん、すごいいるね」と答えると、男の子は「エグザイルの仲間たちも、いーっぱいいるもん！」と張り合い、そして**「エグザイルとアンパンマン、どっちが好き!?」**と私に訊くのです。あまりにも斬新すぎる比較。絶句しましたが、やんわり「どっちもいいんじゃない」と答えておきました。2人はそれからも、どんなメンバーがいて、どんなにかっこいいか、熱く議論を続け、最終的には**「甲**

乙つけがたいほど、どちらも素晴らしい」という結論に達したようでした。

（匿名さん）

スルーっと

小学2年生の娘。「きのこの入ったスパゲティを食べていたらね、フォークに巻いたスパゲティから、**きのこが消防士さんみたいにスルーっと降りてきたの」**シメジのレスキュー隊を想像してしまいました。

（しまりす）

やめないで

育児雑誌に、お友だちに「やめて」を言えない子のための練習方法が載っていた。それは、ママがコドモをくすぐって「やめて」と言わせるというもの。さっそく2歳の息子に試したが、やめてと言いなさいと教えてもなかなか言わない。息子はケラケラ笑っている。「すぐには言えないものかもな～」とあきらめ、くすぐるのを止めたとき、息

子がひと言**「もいっかい！」**ドMか、お前は！（タケちゃんママより）

娘の声援

通販で「お尻がちっちゃくなるパンツ」を買いました。届いた品物を広げてみると、伸び〜る素材でできた子どもサイズのパンツ。試しに奮闘しながら穿いていると、どこからか**がんばれコール**が……。ふと顔を上げると、娘が真剣な顔で手をたたきながら**「がんばれ、お母さん！がんばれ、お母さん！」**「やせたい……」心のそこから思った瞬間でした。

（小尻は無理だった母）

ハンバーグはつよい

4歳の息子。今朝起きていきなり「ハンバーグ　ハンバーグ　だいじょうぶミートボールより　つよいから」と言っていた。「強いって何？」と聞いてみたら**「日持ちする」**と。よく分からないけど、朝から大笑いでした。

（今夜はハンバーグ）

動力源

朝、通勤時。駅のエスカレーターで前に立つ母と5歳くらいの娘。娘「ハムスターが動かしてるの」母「え?」娘**「このエスカレーター、ハムスターが動かしてるの」**母「うふふ、そうだね」素晴らしい母娘でした。

（スズヒロ）

予測入力機能

1歳4ヶ月になる娘は、ケータイ大好き。お古のケータイを、おもちゃにしています。先日、遊んだあとに「ハイ」と渡してくれました。見るとメール作成画面。予測入力機能をフル活用したらしい文章で**「ガキ綿棒、ママバックの中身、オムツ」**と入力されていました。（peco）

太もも好き

8歳になった娘は、私のぷよぷよの太ももが大好き。**左右それぞれに**

名前をつけ、私のお風呂上りを待ち伏せして「はあ〜、ホヤホヤ〜」と撫でさすります。娘よ、ありがとう。コンプレックスでしかなかった太い脚が、こんなに愛され、必要とされる日が来るなんて思ってなかった。うれしいよ。**「マジックで顔描いてもいい?」**って聞かれたときも、断ったけど、本当は**「ちょっとアリかも」**と思ったんだ。

(最近は二の腕にも名前がついた母)

僕の妹

知人宅の長男4歳、次男3歳。生まれたばかりの妹が、かわいくて仕方ないらしい。母親のお友だちに、自慢げに話しています。長男「ねえ、なっちゃん(仮名)は、**僕の妹**なんだよ」次男「違うよ。なっちゃんは、**僕の妹**だよ!」長男**「僕の妹**だってば!」次男「違うもん、**僕の妹**だもん!お母さんが、**僕の妹**だって言ったもん!」(涙目)「二人の妹だと気づくのは、いつのことでしょうか。

(みや)

具体的

以前、百貨店の家庭用品売り場ではたらいていたとき、お客さまの注文していた品物が届いたので、お電話をかけたんです。すると、幼稚園に行くか行かないかくらいのちっちゃな女の子が出ました。女の子「もしもしー!」私「もしもし、お母さんいるかな?」女の子「ままはねー、**いまう○こしてるーー!」**私「……そ、そう、じゃあ、また電話するね」女の子「うん、ばいばーい!」電話を切ってから爆笑してしまいました。そのあと、ふつうにお電話しなおしましたが、さっきの会話、お母さんはトイレの中で聞こえていたんでしょうか……。（おみつ）

ため息混じりに

パパに前髪を切ってもらっていた娘。笑顔で「ありがとう」と言っていた。が「前髪、いつも誰に切ってもらってるの?」というバァバの問いに「前髪はいつもパパに切ってもらっている。……（沈黙）……**でも、つらい」**

と、ため息混じりに答えたらしい。

（女は怖い）

アナウンスが鉄

3歳になる息子は、鉄オタです。プラレールで遊び、子ども向けの鉄道の本を読みあさり、山手線の鉄道唱歌を歌い、夢は新幹線の運転手！　先週じーじが某国のダラスに出張だったので、成田まで送って行った。飛行機と飛行場に目を輝かせながら、飛行機のオモチャを買ってもらって大はしゃぎ。「これで、少しは他の乗り物にも興味を持つかな」なんて思って帰ってきた、その夜……。買ってもらった飛行機を飛ばし、着陸させながら**「え〜、次はダラス〜、ダラス〜」**山手線じゃないんだってば！

（けろりん）

合い挽き？

4歳の息子が「魚肉ソーセージ」を覚えた。お腹が空くと「おかあさん、**ぎょう肉ソーセージ欲しい」**とねだります。どうも彼のなかでは「魚肉」と「牛肉」が複雑に入り組んでいるよう。

（わかさ）

フェイバリットソング

2歳の息子が寝る前に「お歌うたって」とせがむ。それも、堺正章さんの**「忘れもの」**という曲でなければいけないらしく、他の歌手の歌や童謡だと「チガウ！」と怒られる。毎晩、同じ歌でも飽きるかなと思って**「さらば恋人」**を歌ってみたところ「そのお歌もマチャアキかもねー」と言われた。ちょっと怖かった。

（フク）

似ている

うちの病院の領収書は、枠線が薄いグリーンです。あるとき、精算を済ませた患者さんに領収書を渡したら、いっしょにいた小学校1年生くらいの女の子が、突然話し出しました。女の子「ねえねえ、お母さん、これなあに？」お母さん「領収書よ」女の子「ふう〜ん、こないだ書いてた**離婚届**と似てるね」お母さん「静かになさい」女の子「おばあちゃんが『もうちょっと考えてからにしなさい』って言ってたときに、書いてたじゃない」お母さん「黙りなさい！」私、そのときはじめて離婚届の色を知りました。（婚姻届すら出したことないのに）

Hello, Mr. Goodmorning

2歳半の男子。託児施設にいる外国人の先生のことが、いたくお気に入り。今日も先生の姿を見つけて「あっ！　**ぐっもーにん**いた！」彼は先生の名前を「ぐっもーにん」だと信じています。ちなみに、彼の友人は先生のことを**「はろー」**と呼びます。どちらの場合も挨拶として成り立ってしまうので、先生は名前を呼ばれていることに気づいていません。面倒なので母もそのままにしています。（それでいいのだ）

レ

保育園を転園することになり、2歳の娘は悩んでいました。「いま、スミレ組なんだけど、今度の保育園では、**なにレ組**になるの？」えー、どこから説明したらいいものか……。

（今度はのぞみ組）

の

7歳のお誕生日に、おばあちゃんちへはじめて「電話」というものをかけた娘。「○○○の○○○○だよ」と教えると、必死に番号を押す娘。**「の、ってどう押すの?」**

（がんばれ一年生）

し

8歳の息子が言った。「スキーいつ連れてってくれるの？　来週？　**し来週?」**　おしい！「さ」だよ。あさってなら「し」なんだけどねえ。

（じゅにとさくら）

や

知り合いの5歳の息子さんは、ひらがなを読むことに興味を持っていま す。最近、小さい「つ」は、読まなくてよいとお父さんに教えられました。夕飯に居酒屋風のファミレスに行き、壁に貼ってあるメニューを見て、息子さんは、うれしそうに叫びました。「おとうさん！　**『ちんこなべ』**がある！」お父さんは、慌てて**「ちいさい『や』は、読むんやっ！」**（KURO）

有効？

小5のムスメが、ようやく集めた応募券をハガキに貼ろうとしていたところ、扇風機に飛ばされて、1枚、飼い犬に食べられてしまいました。すると、ハガキに犬の絵を描いて**「これに食べられて1枚足りなくなりました」**と書いて応募していましたが、はたして大目に見てくれるか？　係の方、よろしくお願いいたします。（あたおころいおな）

秘訣

4歳の息子が、なにやら真剣にブロックに取り組んでいた。出来上がった作品を見せに来て「トリケラトプスだよ～！」「おお、すごいねぇ。じょうずに出来たじゃない。どうしたらそんなにかっこよく出来るの?」「うんとね。**あきらめなかったら出来るんだよ!**」息子よ、君は正しい。

(匿名さん)

手紙

敬老の日を目前にして。母「おじいちゃん、おばあちゃんに手紙を書いたら?」息子「お母さん、ボクはまだ5才だよ。ずーっとお世話になっているのはお母さんのほうじゃない? **お母さんが書いたら?**」ウッ……。

(恐るべし5才のへりくつ)

手紙2

「サンタさんに何のプレゼントもらうの?」の問いに「今、考えてるとこ」だった5才の姪。考えがまとまって、サンタさんに手紙を書いた。読んでみると「今年は**ぽれぜんと**はいいよ。あみちゃん(生まれたばかりの妹)がしゃべれなくてお**願いできなくてかわいそうだから**ね。ごめんね」

（ぷが分からなかったけど帳消し）

手紙3

今日、娘（小1）が友だちに書いた手紙です。「○○ちゃんへ、がっこうわたのしいね。おもしろいね。わからないことわ、わたしもわからないからきかないでね」弱気な姿勢です。

（どうしよう……）

手紙4

パパとプール遊びして、夜、パパにお手紙。「パパきょうはプールありがとう。たのしかったよ。**まんぞくしてません。またつれってね**」

（ヘンクンママ）

タコとイカ

朝、5時30分、5歳の息子が聞いてきた。**「タコとイカ、どっちが好き?」** 40年生きてきて、起き抜けにそんな質問をされたのは初めてでした。

（イカが好き）

林と森

小学校一年の娘曰く「ハヤシライスってね、**ごはんのまわりに林が立ってるんだよ！**」ほほぉ、そう来るか。ならば、と思って「じゃあ森が立ってたらモリライスか？」と聞き返したら「それは**モリソバ！**」

（「ハヤシ」ってなに？）

キャベツとレタス

何でもよくわかるようになってきた姪っ子。ただ、レタスとキャベツの区別だけはわからないと落胆している。「どうしよー。大人になってロールキャベツ作ろうと思って**ロールレタス作っちゃったら……**」その後しばらく、大人たちにキャベツとレタスの特徴を聞いて回ってたね。

（ジャッキー）

ボケとツッコミ

仕事で大阪の小４の授業見学をしました。授業の始まりに先生が「きりーつ！」「れい！」**「着陸！」**と。教室には**飛行機のポーズで座るコドモが半分と、先生につっこむコドモが半分。**大阪の小学校では日々、笑いの英才教育が行われているのか……。かならうわけがない。

（東京モン）

先生の教え

バイトで家庭教師をしている友人の話。国語のプリントにあった『うんどう会』のように『〜会』ということばを３つかきましょう」という問題で、教え子の解答が**「二次会」**でした。理由を尋ねると「先生の好きな二次会！」との返答。「教え子が、私の教えのどこを覚え、その目にどんなふうに映っているのか激しく問いたい」と、友人はうなだれていました。

（これは反面教師じゃないから、きっと。）

おへその穴から

4歳の娘に、お腹を見せながら「ママのこのお腹の中に、あんたが入ってたんだよね〜」と言ったら「うん、知ってる。**おへその穴から、ママの顔見えたもん**」だって。「ギャハハ〜!」と久しぶりにふたりで大笑いしました。

(匿名さん)

天国から

息子の8歳の誕生日に「お母さんのところに生まれてきてくれてありがとう」と言ったら、ケロッとした顔で**「ボク、お母さんを選んで来たんだよ。**天国からどこに行くかを探していて、お母さんを見つけてやってきたの」という息子。なんて嬉しいことを言うのだーーーと感動しながら、「えっ? 天国?」と我に帰った母でございました。

(いつも誰かに見られてる!?)

8＝雪だるま

来月4歳の誕生日を迎える息子。50音のひらがなは、ほぼ読めるようになり、数字は10までは数えることができるものの、読むことができません。1と2がわかるくらい。11月になり「もうちょっとしたら、ぼくの誕生日？」と、待ちきれないようすなので「○○の誕生日はここ、**18日**だよ」と指さして教えたところ、**「1と雪だるまの日なんじゃー」**と。

（エミロット）

寝言

おっぱい星人の息子7歳。すごい寝言を言いました。「あぁー！　お母さんのおっぱい、**切り倒したい！」**息子よ。夢の中で、お母さんのおっぱいは、どんだけそびえ立っていたんだい？

（ぶひっ）

寝言2

4月から小学生になった息子。いろいろ疲れがたまっているのでしょうか、意味不明の寝言を言います。先日も夜中にいきなり**「姑が！姑が！」**と叫びました。2時間ドラマの見すぎ？

（ぶひっ）

訪問の挨拶

お姉ちゃんを叩いてしまった次女。「ごめんなさい」と言おうとして口から出たのは**「ごめんください」**でした。泣いていた姉、大爆笑。仲直りできてよかったね。

（匿名さん）

単位

「お母さん、このタイツ80**デニーロ？」**……ロバート・デ・ニーロ80人分の強さ!?　厚さ!?　太さ!?

（80デニール）

8
0
Radio Wada

結論

2歳の息子が、私の父の頭を真上から見て**「じいじ、ツムジないねー」**と言ってから少し考え、**「ちがう、ツムジ大きいんだ」**という結論を出した。（フク）

じゃんけん

寒い冬のある日、バス停にてバスを待つあいだ、後ろに並んでいた親子3人連れの小さい兄弟がジャンケンで遊びだしました。じゃんけんぽん、じゃんけんぽん、何度やっても弟の負け。そのうちに、弟、泣き出してしまいました。「お兄ちゃん、ずるいっ！　**なんでパーしか出さないんだよっ！」**お母さんが笑いながら**「あんたもグー以外のもん出したらええやん」**と言うと、**その手があるのか**とびっくりする弟。なごむ行列。そこへバスが到着したので、暖かい車内に乗り込み着席しました。さっきの兄弟も仲直りしてて、ふたりがけになかよく腰を下ろしてました。

（小松菜）

じゃんけん2

母と妹の3人で、すごろくを始めようとした小2男子。しかし急にトイレに行きたくなったらしい。「先に順番決めじゃんけんやって待ってて。**僕はねぇ、え〜と……グー出すから！　じゃ、あとよろしく**」優しい母はチョキを出してあげました。

（すけぽん）

すんでのところで

コトバを話すのも板についてきた2歳半の我が娘。散歩から帰りお昼寝させようと、娘を布団へ誘導しました。眠くないようすでゴロゴロしていましたが、しばらくするとジーッと動かなくなりました。「よしよし、もうちょいで寝るな！」と母が確信を持ったときです。**「あぶないあぶない」**と言って、娘はそそくさと布団から出て行ってしまいました。

（さすが保育園児）

採血阻止

この間、妊婦検診に行った際に見かけたお母さんとその娘さん（4歳くらい）。娘さんは病院に飽きてしまって「もう帰ろうよ〜」とお母さんに甘えていました。でもお母さんが「ちょっと待って、お母さん血を採らないと帰れないの」と言うと、娘さんの態度が急変。「なんでそんなことするの？」「痛いのに？」「やめて帰ろう」「やめてもらおう」とお母さんを守ろうと必死。お母さんの採血の順番がくると今度は看護婦さんに**「どうしてもお母さんは血を採らないといけないんですか？」「やめられませんか」「痛いからやめてあげてください」**と半べそかきながら必死のお願いをしていました。このお母さんは、どんな大軍より強い味方がついてるなあと思いました。

（4月には2児の母）

ママに会いたくて

ゆうべ小学1年生の息子が悪態をつき、私がカミナリを落とし、そのままお互いに就寝。いつもは起こさないとなかなか起きられないのに今朝、パッチリと良い目覚めのようす。「自分で起きられたんだ、えらいね」と言うと**「ママに会いたくて起きたんだよ」**と。今日も1日がんばれそうです。（みみ）

しょうじきに

奥さんが娘に「おしりいたいの？　正直に言ってごらん」と聞いたところ、となりの部屋に行き、**掃除機**に向かって「おしりいたい」と。（金子）

しんけんに

20歳の長女と6歳の四女の会話。姉「雪見だいふくみたいにプニプニしてて、気持ちいい！　小さい子の手ってかわいいなぁ。あ、すぐ暑いって言うから、あたたかい肉まんかな？」妹「えっ!?　やだよ！　あたしだって、**しんけんにいきているんだ！**」ごもっともでございます……と妙に納得してしまいました。（昼寝中の母の耳元で言わないで〜）

馬場

ジャイアント馬場風のしゃべりかたにハマっていた私。6歳になる息子ともその調子で話していると、最初は私に合わせてくれていた息子が、しまいには真顔でひと言。**「ママ、ふつうに話そうよ」**

（阿波っこ）

猪木

「み〜んな〜♪　お〜なじ〜♪　いきている〜か〜ら〜♪」ご機嫌で子どもが歌っています。「ひ〜とり〜にひとつずつ〜♪　たいせつな〜**いのき〜♪」**休み時間中繰り返していました。

（メインは猪木）

頭突き

3歳になる姪っ子は「チュ」と言って頬を向けると、チュッとキスをしてくれる。右頬を向けると右頬に、左頬を向けると左頬に可愛くキスをしてくれるのだが、なぜかおでこを向けたときだけは、キスのかわりに**全体重を乗っけた頭突き**をくれる。（それなりに痛いんだよね）

迎撃

保育園の節分に鬼が来ることになり、甥っ子は母親（私の姉）に言いました。「鬼が2体来るから、パパに頼んで**ミサイル2体分**用意してもらって」甥っ子は『ガンダム』好き。義兄は**自衛隊勤務**です。（みみ）

ダジャレ母娘

娘が「母音と子音って、どっちがどっち？」と聞いてきたので、「『あいうえお』が母音だよ。ちなみに、**うちにはボインはいません**」とオヤジ風に答えてあげました。すると嫌そうに**「しぃ……ん」**と返事。う、うまい!!（オヤジ母）

干支の話

1月20日はマイワイフのバースデー。ケーキを囲んで、一家だんらん。小2娘「お母さんは、ねずみ年生まれだよね！」妻「そう」小2娘「今日は20日だっけ！」妻「そうそう」小5息子「じゃあ、**ハツカネズミだね**」妻「……」今日も我が家は平和です。

（丙午の父）

干支の話2

10歳になる、我が家の息子。先日「十二支をやっと覚えた」と自信満々に言ってくれました。**「ねーうしとらヌー」**何度言っても「ヌー」になってしまう。ヌーどし。

（匿名さん）

干支の話3

干支の話をしていたときのこと。小学生低学年のいとこが言いました。「うちのクラスってすごいんだよ！　**みんなヘビ年かウマ年**なんだよ！

奇跡だよねーー！」

（匿名さん）

奇跡

おけいこに迎えに行った帰り道でのことです。小学校3年生の長男が「ママは奇跡にあったことある？」と聞いてきたので「ないっ！」と即答してしまった私。「僕はねぇ、**ママから生まれてきたのが奇跡だよ**」と言われて、言葉もありませんでした。（このまま育ってくれたら奇跡）

わっ！　なんか踏んだ！

自転車で

ある日、自転車をこいでました。すると、前方に**大きな葉っぱ**を発見。いい具合に乾燥してて**「踏んだらいい音がしそう！」**と、迷わず葉っぱめがけて直進。「あと数メートルで踏むぞ！」と葉っぱの位置を再確認すると、それは葉っぱではなく、**生のスルメイカ**でした。**「踏んだらあぶない！　こける！」**と、瞬時に進路変更。危うく生イカを踏むところでした。本当です。

（のりのり）

自転車で2

高校生のとき。ある朝、遅刻だぁーっと、ものすごい勢いで自転車をこいでいると、前方左手のほうから白い犬が、やはりものすごい勢いでこちらに走ってくる。でも、必死でこいでいた自転車の勢いはそう止まるものじゃないし、ここでブレーキをかけたら絶対バスに間に合わない。犬も自転車のことは気にもせず、必死に走ってくる。**どち**

らも譲らず、気づくと自転車で犬の上を**乗り越えてしまっていました。**「わっ、犬を踏んじゃった！」と、自転車を止めて振り返ると、その犬はあっという間に起き上がり、さっきと同じくらいの勢いで走り去っていきました。

（お寝坊）

自転車で3

自転車で通勤中、犬のウ○チを発見！　しかも、少しの間隔を空けて2個並んでいる！　間に合わない！　必死のハンドルさばきで、**前輪は真ん中を通った！　後輪は……？**

（匿名さん）

自転車で4

小学生のころ、自転車でそろばん塾に行く途中のことです。秋だったので、枯れ葉が道に落ちていて、タイヤで踏むと「クシャッ」と、いい音がするので、必死になって、ジグザグ走行で踏みまくってました。「お、大きい落ち葉があるぞー！」と思って、めがけて走って近づくと、寸前で気づきました。**「犬のう〇こだー！」……間に合いませんでした。**

（もりもりこ）

メガネを踏む

夫の実家に泊まったときのこと。一足先に就寝していた夫を起こさないよう、暗がりのなか、そっと枕元に回り込んだそのとき。右足の土踏まずの下で、グニ〜ッ。夫の**お出かけ用高級眼鏡が情けない姿に**……。

（匿名さん）

メガネを踏む2

齢69の母が突然「わっ！　なんか踏んだ！」なんだなんだと駆け寄ってみると、コタツの掛け布団の上から、何かを踏んだみたい。「何踏んだとや？」「わからん、見えんもん」おそるおそる布団の裾をめくってみると、そこには、**変な方向に曲がったメガネ**がありました。**両のレンズが飛び出し**「あ、こういうシーン漫画で見たな」という眺めでした。

（たぬぽん）

ぐにゃっと

夜中に階段を下りていたとき、なんか**ぐにゃっと**した!?　……妹でした。廊下で眠りこけていたのでした。

（一瞬で目が覚めた）

グニャッと

寝ている姪ナオミ（当時新生児）のあたまを踏んづけ、一言「**……グニャッとした**」と、叔母えつ子が。

（ナオミの娘）

弟を踏む

本当に薄っぺらいんです、私の弟。敷きっ放しのせんべい布団に入ると、本当に消えてなくなるんです。私は**物心ついてからお嫁に行くまで50回**は踏みました。きっと、あたま以外は、まんべんなく踏んだはずです。そのせいか彼は、ますます薄っぺらになったような気がします。

（厚みのあるなかだん）

定番アイテムを踏む

あれは小学4年生のころの、とある昼休み。給食後、雨だったので「室内で遊ぼう！」ということになり、教室の机をすべて後ろへ追いやり、みんなで目隠し鬼をしていました。鬼ではなかった私は、笑いながら逃げて壁際へ。次の瞬間、「わっ！　なんか踏んだ！」……と思った直後、滑って後ろへ転びました。スローモーションの光景の中で、優雅に宙を舞う、**給食で出たバナナの皮……。**壁で頭を思い切り打ちました。まさかバナナの皮で転ぶなんて……。漫画のようなひとコマでした。

（じゃんこ）

定番アイテムの中身を踏む

5歳の息子と帰宅したときに、自宅玄関前で「わっ！　なんか踏んだ！」……見ると**剥いたバナナの中身½**でした。しかも新鮮な……。「なんで？」と思っていたら、息子の悪友5歳がやってきた。「君が落としちゃったの？」と聞くと「ちがうよ、ぼくじゃないよ」と。すると、息子が「じゃあ、留守中に、おさるがあそびにきたんじゃない？」「きっとそうだよ（確信）」「そうだよね（確信）」5歳児たちにとっては、おさるが留守中に訪ねてきてバナナを落としていくぐらいは、常識的なことのようです。

（匿名さん）

銀行で踏む

銀行ではたらいています。ある日、お金を束にする機械の前で、「なんか踏んだ！」……と思ったら**札束**でした。

（カラコル）

新宿で踏む

彼とデートしてたときのことです。**新宿のどまんなかで入れ歯**を踏みました。

（み～）

夕食後に踏む

夕食後、座布団の上にこぼした**粒なっとうを裸足で**踏んづけた。**今年いちばんの情けない声が出た。**

（くろやぎ）

寝ながらにして踏む

裸足でカエルを踏んでしまい「わっ！」とびっくりしたところで目が覚めて、あー夢でよかったとホッとしたら、まだ足の親指には、ぐにゃっとした感覚が……。恐る恐る見てみると、隣で寝ていた**ダンナの眉間に、わたしの足の親指が！**　寝たまま180度回転してしまったわたしと、その足指の奇跡と、それでも起きないダンナの姿がおかしくて、眉間から足指を離すことなく、ひとり笑い続けました。

（ちちあきこ）

すべっこいものを踏む

小学生のころ、古い家に住んでいました。裸足で室内を歩いていたら、足の下に、丸くてひらべったくてすべっこい感触が……。それ以上体重をかけないように、思わずフリーズ。そばにいた母に「たぶん今、私の足の下にワラジムシがいる……」と告げ、おそるおそる足を持ち上げてみるとピクリとも動かないワラジムシ。「うわあぁ、つぶしちゃった!?」と思って見ていると、数秒ののち、猛スピードで走り去るワラジムシ。生まれてはじめて**「全力疾走するワラジムシ」**を見て、母とふたり、腰をぬかして笑いました。（引っ越しました）

捨てろ！

娘が小さかったころ、主人が、お土産に「手のひらぐらいの飛行機の模型」を買ってきました。この飛行機、すごく硬いのです。なぜわかったかというと、**踏んだから**です。痛くてうずくまったまま、しばらく動けませんでした。この歳になり、何かを踏んで涙が出るような経験をするとは……。危ないので、主人にこの飛行機をしまってもよいかと聞いたのですが、本物そっくりに、とても精巧に出来ているので「娘の教育のため」

ということで、そのまま遊ばせていました。そんなある日、主人がその飛行機を踏んだのです。涙目になり、うずくまった主人は、やっと痛みがひいたあと、**ゴミ箱に飛行機をぶん投げていました。**

（娘は踏まなかったみたいです）

捨てろ！2

小学生のころ、母の「星がきれいだわよ～」だか、「月がきれいよ～」だかの声につられて、縁側へ。庭へ出ようと、三和土にある下駄を履こうと、黒い影めがけて踏み降りました。そこにあったのは、下駄ではなく**サボテン。**大きなとげのある丸いヤツ。夜遅くでしたが、私は近所の外科へ泣きながら行き、とげを抜いてもらう手術を受けました。母はその後、**サボテンを呪って捨て、**二度とサボテンを育てることはしませんでした。サボテンが悪いのではない……**そこに置いた母が悪い……。**私は今でも、こっそりそう思います。

（カプメイ）

むにゅっ

ある夏の暑い日、駅の改札を通り、ホームへ上がるスロープを足早に歩いていると、むにゅっとした感触が。足元を見ると、**ブラジャーに仕込むパッド**でした。落とした人が、**今日1日片胸だけ貧乳か**と思うと胸が痛みました……。

（cha）

きゅっ

何年か前の夏の夜のことでした。暑いので、窓を開け放して料理をしていました。真っ暗だった居間に用事を思い出して入ると、何か柔らかいものを踏んだ感触と、**きゅっ**という音がしました。「何だろう？」と思い、暗がりで足下を見てみると、そこには**昆布**が落ちていました。「なーんだ、昆布か〜」と思ったのもつかの間……小さな**コウモリ**でした。腰が抜けるほど驚きました。なんとか捕獲し、ベランダにそっと放したら、ちゃんと飛んでいったみたいでした。あの「きゅっ」は鳴き声だったのです。

ごめんね、コウモリ。　　　　　　　　　　（びっくり）

にゅるっ

こたつのあたりで「何か踏む！」と、眼の端に茶色いものが見えたけど、足は止められなかった……。冷たくて、にゅるっとした感覚が！　……**さつまあげ**でした。　　　　（デイサービスセンターの職員）

ポン！

坂の多い街に住んでいます。坂道の途中に、つやつや緑色のピーマンがひとつ、落ちていました。すると、坂道の上のほうから、子どもを自転車の後ろに乗せたお母さんがスイーッとやってきました。あ、と思う間もなく、自転車はピーマンの上を通過。**「ポン！」**と大きな音で破裂しました。後ろに乗っていた子どもが**「おかーさん！　ポンって？　ポンって？」**と叫ぶも、お母さんは知らん顔でした。　　　　（ぱた）

掃除が必要

昔、僕が住んでいたアパートでは、歩くと必ず**ベビースターラーメン**が、足の裏にくっついてきました。

（掃除しろ）

掃除が必要2

大学の友人から聞いた話です。一人暮らしの家の中を歩いていると、足に妙な感覚が。見ると**ちりめんじゃこ**がいっぱい靴下にくっついていたそうです。

（匿名さん）

掃除が必要3

マグカップを割った翌日。裸足で家をうろうろしていたら、固い破片を踏んづけたので、「カケラが足に！」と大騒ぎしていたら、**海老せんのクズ**でした。

（どらみ）

冷たく、ぬるぬるした何か……

夜、電気をつけずに廊下を歩いていると「冷たく、ぬるぬるした何か」を踏んでしまいました。ぎゃあぎゃあと悲鳴を上げながら、あわてて電気をつけると、**なめくじ**でした……。そして、悲鳴で飛び起きてきた父に「このばかもの！　なめくじくらいで叫ぶな〜！」と、**生まれてはじめて殴られました。**なめくじを踏んだうえに、殴られました。

（なめくじもやし）

足が上がらない……

月曜の朝、でかいゴミ袋を集積所に置こうとしたとき、突然、**右足だけが重たく**なりました。引きずるようにしか足が上がらず「何？　何の病気？」とうろたえていると、ごろごろ……と、**直径10センチくらいの石**が転がっていきました。ハイヒールのかかと部分に、ぴったり挟まっていたようです。その大きさに呆然……気づけよ自分！（いゆ）

石けんでお願いね……

ある夜、暗闇の台所で何かを踏みました。電気を点けると、そこにはゴキブリが……。私は**半狂乱となり、**母に抱きつき「足の裏～！　足の裏洗って～！」と泣き叫び、そのまま母にすがりついてお風呂場へ。しくしくと泣き続ける私。もくもくと足の裏を洗う母。**「石けんでお願いね……」**当時私は**23歳、**妹が居間で爆笑していました。今でも忘れられないです。

（匿名さん）

お尻の真ん中で踏む

ある温泉にて。お湯から出て扇風機にでも当たろうと藤製の丸椅子に座った瞬間、お尻の真ん中の大事なところに違和感。固いような、柔らかいような。思わず「わっ、なんか踏んだ」と腰を上げ、丸椅子に顔を近づける。そこにあったのは……**「入れ歯」**でした。こりゃエライものをお尻で踏んでしまったと、気持ち悪いやら、持ち主に悪いやら。すると間を置かず入れ歯の持ち主が登場。「いけねえ、すんません」と、手刀を切りながら私の前を横切り、手に取った入れ歯を掴むと、**なんとそのままお口にセット！**　禿頭の御仁は風のように去っていきました。よく身体を洗ってから湯船に浸かって、本当によかったと思いました。

（匿名さん）

三世代で踏む

老犬が廊下に「そそう」をしてしまい、薄暗かったこともあって「踏んで」しまいました。大声で母に「廊下にウ〇コあるから踏まないように」と伝えて風呂場で足を洗っていると、母がやって来て、一言**「ウ〇コ踏んだ」**と……。「ええ！　教えてあげたのに！」何ごとかと、ようすを見に出てきて踏んだらしい。「それは悪いことしたね」と笑いながらふたりで足を洗ってると、今度は祖母が**「ウ〇コ踏んだ……」**と凹みながらやって来ました。何でも、風呂場で楽しそうに笑う私たちが気になって出てきたところ、気付かずに踏んだらしい。

おばあちゃんゴメン。三世代、揃いも揃って、踏んじゃいました。
（そもそもの原因は私）

特別大きいヤツを踏む

子どものころ、冬になると、街角でおじさんがリヤカー仕立ての石焼き芋を売っていた。本物の石焼きにしたお芋の香り、古新聞で包んでもらったときのあの温かさは、懐かしい思い出だ。ある日、母と商店街で買い物の帰り、焼き芋屋のおじさんに遭遇。母はこういう場合、即決で買うタチ。しかも特大サイズを大量に買う。食糧難時代の反動か。「ホラ！あったまるよ！」寒さでかじかんだ私の両手に、おじさんが不器用に包んでくれた大量のアツアツ石焼き芋が渡された。圧倒される香ばしい香りに鼻の穴全開。喜んで帰りかけた瞬間、通りすがりのおばさんに呼び止められた。「踏んでるよ！」はぁ？　何気なく自分の足下を見た私は、気絶しそうになった。おじさんがちゃんと包んでくれなかったため、特別大きいヤツが音もなく地面に落下していたらしい。それを、踏んだのだ。その日、**おろしたての、白いお花のついた赤いエナメル靴**が、たいへんなコトに……。物持ちのよい母は、**いまだにあの靴を保管していて、**私はどれだけ家族の物笑いのタネにされたかわからない。**あれから40年……。**

（匿名さん）

今日の方向オンチ

徒歩1分圏内

大学進学で、先に一人暮らしをしていたお姉さんと同居することになった友人。「お姉ちゃん、本屋さんに行きたいんだけど」**「マンションの裏にあるから1分以内で着くよー」**行きは迷わずたどり着けたのですが、**帰宅するときはタクシー**だったそうです。えんえん1時間以上、反対方向に歩き続けたらしい……。（なぜ途中で気づかない）

東京駅の隣です

母の友人で「東京駅には着いたのに、大丸デパートにたどり着けなかった」という人がいます。しかも、駅にいた人に**3回も道を訊いたのに！**せっかく**静岡から行ったの**に、仕方なく**そのまま帰った**そうです……。彼女は一体何をしに東京へ!?（人のことは言えない）

海の匂い

夫は、**太平洋側の海辺**で育ったせいか**「海の匂いがする方が南」**ですべての方向を決定し、その野生的な感覚を自慢していました。しかし、**日本海側にある私の実家**で、まったく方向がわからなくなってしまい、自信喪失……。

（役に立たない特技）

野山経由

地方高校の吹奏楽部に所属していました。いつもはタクシーで向かうコンサートホールへ徒歩で行こうとした私。案の定迷い、最後は**携帯GPS**のお世話になりました。最後、**野山からホールへ駆け降りたとき**は、**猿が餌を求めて降りてきたように見えた**そうです。

（更には会場内で迷った打楽器司会者）

東京→名古屋→高崎

娘の友人が遊びに来るというので、最寄りの高崎駅まで迎えに行きました。東京駅から「これから新幹線に乗るから」という電話をもらったのが6時30分ごろ。7時45分過ぎまで待ちましたが、彼女は来ない。そのうち娘の携帯電話が鳴り**「今、名古屋」**と……。上越新幹線といったのに、東海道新幹線に乗った友人は、それから2時間半後に我が家に着きました。「東京駅の駅員さんが間違えて教えたの」と言い張る彼女、帰りは高崎から**軽井沢経由で帰京。**

（ぐんまのおばさん）

遺伝

ウチのオヤジは、転職初日に**会社にたどり着けず**「あんなわかりづらいところに通えるか！」と逆ギレし、**一度も出社せず辞めました。**引っ越した際には自宅を間違え、近所の家をガチャガチャしてしまい、「見知らぬ人がウチの玄関こじ開けようとしてます！」と通報され、**逮捕さ**

れかけました。そんな父をもつ私は、バイクで出かけて道に迷っては、**タクシーにカネを払って自宅まで先導してもらう**というかわいそうなオトナになりました。（顔はまったく似てないのにね）

脱出

友人は入試の面接を終えたあと、広い校舎内で階段を見つけられずに**2階の窓から飛び降り、**外の学生たちがパニックになっている中を走って帰ったそうです。（フク）

新宿駅

駅がどうしても苦手です。このあいだなども新宿駅で「駅員さんに場所を聞いて歩き出すのに、なぜか同じ駅員さんのところに戻ってきてしまう」というのを**3回も繰り返し、**しまいには、29歳にもなって**手を引いて案内される始末。**どうにかしたいです。（巨娘）

猪突猛進

自分の判断に絶対の自信を持っているウチのダンナ。というか、人の話を聞きゃあしないウチのダンナ。困ったことに「方向オンチ」なんです。入ったばかりのビルを出て、**なぜ逆方向へ猛進**していくのですか。すぐそこの案内板に目もくれず、なぜ間違った路線の地下鉄に乗るのですか。**180センチ100キロ超の巨体を羽交い絞めにして必死に止める**わたしの身にもなってください。お願いだから。

（ゆかねーやん）

目印

友だちを車で迎えに行くことになったが、場所がわからない。そこでナビゲート役の女性が、助手席に同乗してくれた。ところが、あともうちょっとで到着というところで、道に迷ってしまった。大通りから一本小道へ入るそうだが、その曲がり角がどこなのか、わからないという。同じところを何度も行ったり来たりした挙げ句、彼女がぼそっとつぶやいた。「う〜ん。おかしいなぁ。たしか**ひまわりが咲いていたんだけど……」季節モノを目印にするなー！**（この時は真冬）

目印2

まさに旦那が方向オンチなのですが、方向オンチっていうのはモノの見方からして違うんだ〜と思った、そんな発言を聞きました。だって**「猫が寝ていた角を左」**とか、平気で言うんです。毎日、帰ってこれるのが不思議なくらいです。（もう諦めました）

話を聞いていましたか

知り合いの人を、車で送って行ったときのこと。降ろした場所から「この道をまっすぐ行ったら着きます」と指さして教えた。その人は、お礼を言うと、**指さした方向と逆に颯爽と歩き出した。**（教えたばかりなのに）

無事に到着

私の友人は、驚異的な方向オンチを自慢にしている。この間も「あれ？どっちだったっけ？　たしか、ここを右に曲がる。……あ、待って！**私が右って思ったから、きっと左！**」と。**目的地に着きました。**

（匿名さん）

ナビ失敗

地下街でも迷ったことのない私。はじめて車で行く場所に不安を覚える夫と、車には乗らない友を従えて地図を広げ、「まずは左折！」「それから右折！」「ここから高速へ！」と大活躍。なぜか**「三重の鈴鹿サーキット」**に行くつもりが**「大阪の海遊館」**に着いてしまいました。

（なかだん）

方向オンチ？

義理のお母さんに、スターバックスでコーヒー買ってきてと頼んだ夫。帰ってきた義母は「コーヒーなんか売ってなかったわよ！」となぜか逆ギレ。よくよく聞くと**オートバックス**の店員さんに**「カプチーノください」**と言っていたらしい。

（思い込み系方向オンチ）

方向オンチのおかげで

私の通っていた高校の正門は、自宅と同じ道沿いにありました。だから方向オンチの私も、迷うことなく、毎日通うことができました。しかし高校2年になったある日、学校祭の準備のため**裏門**に集合することになりました。もう2年も通ったことだし、自分でも大丈夫だと思っていたのですが**結局たどり着けず、**半泣きになりながら、学校のまわりをぐるぐる回り、助けを求めていると、**当時憧れていたA君が私を見つけてくれた**のです！　それがきっかけでA君とお付き合いをしたの

ですが、方向オンチでこんなにいい目にあったのは、後にも先にもこのときのみ。**（その後受験と進学で離れ離れに）**

帰り道

以前うちに来た保険のおばさん。玄関から居間まで襖なんか一枚も開けてないにもかかわらず、用が済んだら、帰ろうとして**居間の押入れの襖を開けて**ビックリしていた。（あの顔が忘れられない）

大学受験

大学受験当日。受験票、持った。乗り換え、よし。無事、最寄り駅に到着。混雑する他の受験生の波に乗り、張り切って歩いて着いた先は、**名も知らぬ別の学校でした。**（知らない人についてっちゃだめ）

寺

布を買うため、カーナビの目的地に「ノムラテーラー」と入力してお

Radio Wada

店に向かった妹。カーナビの案内にしたがってたどりついた先は**「野村寺」**というお寺でした。

（住職と世間話をして帰宅）

西

先日、主人と主人の両親がわたしの実家にやってきました。帰りに駅まで送ると言うと「大丈夫、近いから」と。「駅、こっちでしょ?」と**北**を指す義母。「こっちだろ」と**南**を指す義父。「こっちだよ」と**東**を指す主人。**誰も指してない方角が駅でした。**

（匿名さん）

15分を3時間で

数年前、大阪で一人暮らしを始めた日。「中崎町」から「梅田ロフト」まで行くべく、ガラケーの地図を頼りに歩きました。しかし、慣れない都会に混乱し、地図と景色が噛み合わず、地下鉄に乗ってみたりいらんことをした結果**「3時間」**かかって到着したロフトは「中崎町」から**真っ直ぐ行って右に曲がれば15分程度のそこ**にありました。

（今は地下街もすいすい）

ローマ

方向オンチの友人は、中学の歴史の授業で「すべての道はローマに通ず」と習ってからというもの、道に迷ったときに**「大丈夫、結局ローマなんだからと思うと焦りが半分になる」**と言っていました。聞いてるこちらが焦りました。（フク）

筋金入り

はじめて入るお店、とくに老舗系のばあい、帰るときは連れが一緒じゃないと、たいてい**厨房かトイレ**に行ってしまいます。坂の上に自宅があるのですが、中腹のお宅にうかがった帰りに**「坂を下っている」ことを指摘され、**自分でも、本当に、自分のことが心配になりました。最寄りの駅から家へ歩いて帰っているつもりが、だいぶたってから**最寄りの駅に着きました。**携帯電話ができて、本当に、本当に、ありが

たいです。（匿名さん）

人事部長の仕事

天性の方向オンチである友人Aは、一人でランチに出かけたり、郵便局や銀行におつかいに行ったりすると、**会社に帰れなくなる。**とりあえず、自力で駅前に戻ってから会社に電話すると、**人事部長が迎えに来る**そうです。（「助けて〜！」が合言葉）

銀座で迷子

いつもは「そこのコンビニを右に」とかなのに、銀座で迷うと**「そこのルイ・ヴィトンを右に」**と、それだけでなんとなくセレブな感じに。（る）

居酒屋で迷子

わたしの会社のYさんは、飲み会ではいつも早く切り上げ、途中退席するのですが、**30分たっても出口を見つけられず、**お店のなかをうろついていることがよくあります。

（ポールといえば温豆腐）

ホームでも迷子可能

東京駅のホーム中ほどで、夫に待ってもらって、キオスクへ買い物に。買い物を終え、**夫とは逆の方向へホームの端まで歩き、**間違いに気がついて方向転換し、夫のいる**逆の側**を歩いて**夫を通り越し、**結局ホームを一週して夫のもとに戻りました。やっと戻ってきた私に、夫は**「ホームで迷えるのか!?」**と言いますが、方向オンチに不可能の文字はない。

（みなまる）

扉は前後にあります

授業参観でのできごと。生徒、先生、保護者、緊張のおももちで、授業開始。10分ぐらい過ぎたころ、**教室の後ろの扉**が勢いよく開いた。「すいません、遅くなりました！　5年1組はここですか？」隣のクラスのA君のお母さんだった。先生が「1組はもうひとつお隣です、お母さん」

と言うと、A君のお母さんは、恥ずかしそうに「すみません〜!」とドアを閉めた。数秒後、**教室の前の扉**が開いた。**「5年1組はここですか⁉」**

（さらにもうひとつお隣です！）

東京はどっち？

同僚が方向オンチです。ここは名古屋なんですが、東京の方向を尋ねると自分がどっち向いていても、必ず**「自分の右斜め上」**を指します。どうやら地球儀感覚のようです。他の方向オンチが「わかる！」と言ってたので、方向オンチ界では普通なんですかね？

（たんこ）

すでに終了気味

結婚披露宴に出席するため、予約していた美容院に遅刻した友人。初めて行く美容院で不慣れなため、地下鉄を降りまちがえ、再度乗り、降り、披露宴に間に合うだろうかと思いつつ、やっと美容院に着いた。美容院ではお客さん一人一人に映画を見せてくれるサービスのよさなのに、なぜか**内容はホラー。**友人は**二重の意味でハラハラ**しながらセットしてもらったそうです。その後、タクシーに乗るも、運転手さんまでが式場をまちがえ、降りてから気づいた友人は**華やかな格好で、ウロウロするはめに。**披露宴で会ったときには、**すでに1日終わっているようす**でした。

（くりのこ）

迷子のわが子

娘小学一年の夏。待てど暮らせど帰って来ない。警察に届けるか……と思った矢先にタクシーで帰宅。まるで家と反対方向で泣いていたのを、運転手さんが拾ってくださった。お礼を言いお金を払おうとすると**「迷子からお金は貰えねぇヨ」**と、笑いながら行ってしまわれた……。今でも同じタクシー会社を愛用させていただいてます

（たまきち）

イカ焼きの匂いと鳩

私の母は方向オンチです。私の祖母も方向オンチです。親戚一同での旅行の際、各自でお土産などを買うために、駅でいったん解散してホームで待ち合わせをしたところ、この2人がなかなか来ません。母が言うには**「イカ焼きの匂いのするホームと覚えていた」**祖母が言うには**「ホームの上に鳩が2羽とまっていたところ、と覚えていた」**方向オンチ以前の問題かもしれませんが……。

（茶犬）

今日の佐藤さん

職場の佐藤問題

職場には**「佐藤さん」が4名**いる。佐藤A、佐藤B、佐藤C、佐藤D。佐藤A・佐藤Bと組んで仕事をしたとき、ついついエキサイトして「佐藤さんの仕事のやり方が！」と言っていたら、**佐藤Cから**「すみません」と、佐藤ちがいで謝られてしまった。その顛末を佐藤Aにメールしたら、**佐藤Dから**「佐藤ちがいだと思います」と……。メールの送り先まちがったよ！

（匿名さん）

職場の佐藤問題2

同じ部署に「佐藤さん」が3人いました。そこで、入社順に、2人目の佐藤さんは佐藤B、3人目の佐藤さんは佐藤Cと呼ばれていました。まわりの人たちだけでなく、本人たちも「佐藤Bです」「佐藤Cです」と名乗り、さらに**「Bです」「Cです」**と言うようになってしまいました。アルバイトの方や派遣さんは**「CですがBさんいますか？」**などという電話を受け、混乱していました。

（3人そろって出世してもそのままでした）

職場の戦国武将

忙しいとき応援に来る、正社員の佐藤さん。推定年齢35歳、女性。午後3時をまわって、お客さんが一瞬いなくなると、束ねた髪をぱらりとほどいて、**いきなりセクシーな雰囲気。**が、先日のこと。朝の髪のセットだけに集中し、髪本来の美しさにはエネルギーを注がなかったらしく、**戦のあとの戦国武将**のようになっていた。かわいい声で評判なのに……。

（ショートヘアのジェニー）

職場の演歌歌手

職場に戻ると**演歌**が聞こえてきた。今年退職する予定の佐藤さんがひとり、残っていた。私が「こんばんは」と挨拶しても「……」（歌っている）。プリンターに佐藤さんが打ち出したらしい「歌詞カード」が出ていたので、渡してあげた。「これ、佐藤さんのですか？」佐藤さん「……」（歌っている）「じゃ、失礼します」佐藤さん「……」（歌っている）**完全無視……。**（でも私は佐藤さんが大好き）

職場の大久保問題

うちの課には**大久保さんが7人**います。区別のために、みなさん下の名前で呼ばれてますが、新人さんは先輩をファーストネームで呼びかけることに抵抗があるらしく、いまだに「大久保さん」と話しかけて**7人全員に注目されています。**（判子も名前）

にらみの佐藤さん

今日は、得意先にはじめて同行。担当者は佐藤さん。失敗しないように、前情報を入れておこう。「先輩、佐藤さんってどんな方なんですか？」**「歌舞伎役者みたいな人」**ほんとだ！　にらみが効いてる！（ありた）

ちょっと変わった佐藤さん

同学年の、ちょっと変わった人で有名な佐藤さん（女）は、通学途中、私に会うなり「お菓子あげるね！」と言って、ポケットからけっこう大きめの**「梅昆布」**を出し、**そのままくれました。**なんで梅昆布なんだい、佐藤さん……。

（みーみー）

Sugarさん

夫はニュージーランド人です。私の友人、佐藤さんといっしょに食事をした帰り道。**「シュガー」**はチャーミングだねぇ」と……。

（ポールの妻）

佐藤俊雄くん

同じクラスにいた佐藤くん。名前は俊雄くん。さとうとしお。**シュガー&ソルト……。**

（マメ）

オール鈴木

先日、棚卸しを終え、書類を書いていたときのこと。「検品者2名：**鈴木・鈴木**　○○店責任者：**鈴木**　○○部部長：**鈴木**」……。

（ぴぁの）

丸山兄弟

小学校のとき、**丸山くん**という双子の兄弟がいました。双子なので、顔はソックリでした。**弟は「オトマル」、兄は「アニマル」**と呼ばれていました。

（40年前の小学生）

角田さん

わたしの部署には「角田」と書いて**「かくた」**と読む人と**「すみた」**と読む人がいます。今週、実習生に「角田」と書いて**「つのだ」**と読む人がやってきました。部署のスタッフさんたちは、密やかに混乱中です。

（新人ナース）

スミダさん

うちの会社に**「スミダさん」**が3人いたときのこと。ひとりは別の部署だったのですが、ふたりは同じ部署でした。それぞれ「隅田」「角田」でしたが、同性のため電話があると**「隅っこのスミダさん**ですか、**角っこのスミダさん**ですか」と伺います。今はどちらも退社されましたが、今度は**「ワタナベさん」がふたり**に……。

（かけゆみ）

コジマさんとヤマダさん

英会話スクールのクラスメイトに、**ヤマダ電機にお勤めのコジマさん**と、**ヨドバシカメラにお勤めのヤマダさん**がいます。しばしば混乱してしまうのですが、来日5ヶ月目のアメリカ人の先生には、問題ないようです。

（メカオンチ）

浪野さんと磯野さん

職場の後輩**「浪野（ナミノ）」**さん。彼女が毎日電話する本社の担当者が、産休のため交代しました。新担当者は、なんと**「磯野」さん！「ノリスケが波平おじさんに電話してる」**と社内で大ウケ。本人も、こんな奇跡の出会いは初めてだそう。

（愉快なサザエさん一家）

高橋くんと田中くんと萩原くん

高校のとき。**高橋英樹くんと田中健くんと萩原健一くんのいる組**がありました。「芸能クラス」と呼ばれていました。

（普通科の高校でした）

佐藤タカシさん

先日、上司の携帯電話に連絡を入れました。「もしもし、青木です。佐藤さん、いま大丈夫ですか？」「はぁ」……あれ？　声が違う？　対応も変。「あの、佐藤タカシさんですよね?」「はい」でも、絶対ちがう人。まさかイタズラ?　電話番号を確かめると、数字を1ケタ間違えて発信していました。まさか**携帯番号の1ケタちがいに同姓同名**がいるとは……。　（米）

同い年の佐藤さん

同い年の佐藤さんは、10月生まれ。私は3月生まれ。彼女の誕生日を過ぎ、歳の話が出るたびに「サトちゃん、ひとつ年上やん」と言うと**「同級生やろ！」**と勢いよく訂正される。が、ある日、同僚4人で海辺の町に海鮮焼を食べに行ったときのこと。大アサリが焼きあがってくるタイミングが、それぞれに違ったので「じゃあ歳の順で食べよう」ということになった。ふたつ目のアサリが焼きあがってくると、すかさず**「私10月生まれだから先にいただくわ！」**と、電光石火の如く佐藤さんの箸が出た。そんなときだけ年上を強調するんかい！　（フラッペ）

誰もいなくなった

部署に、佐藤さんがいました。取引先の担当者も佐藤さん、別の取引先担当者も佐藤さん、さらにもう一社も佐藤さん、打ち合わせをすると、各社佐藤さんで大混乱。ところが、うちの佐藤さんが退職された前後、各社の佐藤さんも異動などで担当を外れました。気づけば、**佐藤さんは一人もいなくなりました。**

（佐藤さんは佐藤さんを呼ぶ？）

佐藤だらけだった

幼稚園の遠足のために、大型バスの手配をしました。後日、確認の電話をした際、担当のかたがお留守だったので、受付のかたと話をしました。電話を切る間際**「営業の佐藤**に代わって、私、**受付の佐藤が**ご用件を承りました。失礼ですが、先生のお名前は？」と聞かれ「はい、**幼稚園の佐藤です」**と。

（佐藤だらけ）

佐藤だらけになった

Kちゃんが**結婚して「佐藤さん」**に。Yちゃんは**離婚して「佐藤さん」**に。そして、海外生活が長いSちゃん。長年、下の名前しか知らなかったのですが、何かの拍子に苗字を見たら、なんと**「佐藤さん」**！　20年来の付き合いですが、Sちゃんの苗字が「佐藤さん」だったとは……。気づけば**「佐藤さん」**だらけ……。（K）

音楽性の広い佐藤さん

友人の佐藤さんは、**ハードロックやヘビーメタル**が大好き。ライブではいつも最前列に陣取り、ヘッドバンキングしています。ある日、私が「これ行かない？」とハードロックのライブに誘いました。すると「あ、この日は**サブちゃんのリサイタルなの」**と嬉しそう。……サブちゃん。ロン毛じゃない男性も好きだったのね。

（まさか演歌のリサイタルではヘドバンしないよね？）

ジャックさん

以前、勤めていた職場には「きくちさん」が3人いました。そのうちのひとりの「きくちさん」は「オレのことは**ジャックと呼んでくれ」**と言っていたので、電話がかかってきたときは**「ジャックさんにお電話です」**と言って転送していました。なぜ「ジャック」なのかは不明ですが、よほど気に入っていたらしく、**コートに「ジャック」とネーム**を入れていました。（なぜか今日思い出したので）

インコ佐藤

我が社には、佐藤さんが2人います。男性の佐藤さん、女性の佐藤さん。通常ならば性別で呼び分けると思うのですが、女性の佐藤さんは、見た目が大変ボーイッシュかつ、男性用の衣服を着用しているため区別が付きにくいのです。ならばと下の名前で呼ぶと、女性の佐藤さんは「目下のものが上司を名前で呼ぶとは、けしからん！」と、大層な剣幕で怒ります。そこで、女性の佐藤さんが大好きなセキセイインコからヒントを得て**「ピーちゃん！」**と呼んだところ、**ご満悦。**さらには**「インコ！」と呼んでも機嫌良くお返事してくれる**のです。ピントがずれまくりのインコ佐藤。社内外にいつも嵐を巻き起こしてくれるけど、本当は小鳥を愛するナイスな女性だと信じ、これからも、よろしくお願いします。

（インコ部長P）

天職

ＯＬ時代、支社の**経理課**に**「出納さん」**という男性がいました。

（私も経理してました）

いつまでも２号

息子のクラスに、佐藤くんがいました。一学期の終わりに、もうひとりの佐藤くんが転校して来ました。我が家では最初の佐藤くんを**1号**、転校してきた佐藤くんを**2号**と呼んでいました。でも、三学期の終わりに

1号が転校してしまい、残った2号は、**もう佐藤はひとり**なのに**今でも2号**と言われ続けています。

（匿名さん）

区別のために

高校生のころ、ふたりの「安藤くん」がいました。区別のために**「白アン」**と**「黒アン」**と呼ばれていました。ふたりは見事に「色白くん」と「色黒くん」だったのです。ただ、陸上部の安藤くんが白アンで、帰宅部の安藤くんが黒アンでした。

（匿名さん）

区別の由来

おととし、サークルに佐藤くんがふたり入ってきて、**「黒佐藤くん・白佐藤くん」**と呼び分けられています。去年また新たな佐藤くんが入ってきて、その子のあだ名は**ブラウン**です。「また佐藤くんが入って来たら、今度はグレーかな」と聞いたら**「いや、次はパウダーか角」**と。呼び分けの由来は**「白砂糖・黒砂糖・ブラウンシュガー」**だったのかと、そのとき知りました。

（匿名さん）

区別のためとはいえ

大学時代、中田さんと仲田さんがいました。中田さんは、学部でも1、2を争う男前。結局**「男前のなかたさん」**と**「そうでないほうのなかたさん」**という区別が……。

（赤い彗星）

区別が略され

職場の佐藤さんは、40歳前後の、体格のいい男性。去年「佐藤さん」がもうひとり入社したのですが、こちらは20代のかわいい女の子。前からの佐藤さんと区別するため「かわいいほうの佐藤ちゃん」と呼ばれるようになりました。それだけなら問題ないのですが、最近「かわいいほうじゃないほうの佐藤さん」となっていた前からの佐藤さんが、略されて**「かわいくない佐藤さん」**と呼ばれるように……。

（さやかえる）

区別のくふう

お客さまに「鈴木さま」が3人おられ、部署では区別のために**「ブラック・ホワイト・ピンク」**と呼び名をつけているそうです。ちなみに、社内には「渡辺さん」が3人いましたが、それぞれ**「大なべ・中なべ・小なべ」**と呼ばれてました。（ビッグる）

区別不能

中学のころ**「望月先生」が5人**いました。しかも、**そのうち3人は名前が「あきひろ」**でした。漢字は違いますが、いつも職員室で呼ぶときにすごく困りました。望月先生と呼べば5人振り向き、あきひろ先生と呼べば3人振り向くという有り様……。（匿名さん）

オールドではなく

高校のとき**「藤田先生」が3人**いました。若い方から「ヤング藤田」

「ミドル藤田」と名付けられていましたが、「オールド藤田」にあたるはずの藤田先生だけは、**「藤田エロ」**と呼ばれていました。（ムウ）

売る方と売られる方

中学生のときです。私は千賀子、もう一人は千香。ふたりとも長年「ちかちゃん」と呼ばれていました。区別をするのに**肉屋の娘**の千香ちゃんは**「売る方のちかちゃん」**、そしてぽっちゃり体型の私は**「売られる方のちかちゃん」**と……。（ドナドナ）

佐藤先生

小学4年生の時の担任、佐藤先生（初老）。私のクラスを最後に病気のため退職しました。終業式の日、「最後だと思っていたから、今まで受け持ったクラスの中で、いちばん優しく接してきたつもりです」という言葉に「なるほど優しいはずだ〜」と感動し号泣。体調は悪いはずでも、本当に優しくて明るくてあったかい、大好きな先生でした。もう二度と会えないかもしれないと思ったのですが、のちに、**私の家の向かいに**佐藤先生の娘さん夫妻が家を建て、お孫さんが生まれ、**毎日のように**

先生が子守りに来ています。そのお孫さんも、あのころの私と同じもう小学4年生。お別れにあんなに悲しんだ昔々の小学4年生は、今日も大好きな佐藤先生に会えていますとさ。

（10歳から毎年年賀はがき出しています）

佐藤家のおじいさま

親友・佐藤さんの亡くなったおじいさまは、家族泣かせの「入院大好きじいさん」でした。ある日、家の階段を、下まであと二、三段というところで踏み外して転げ落ちると、その場で大声で孫娘を呼び「ケガした、救急車だ」と言い出しました。見た目、**大ごとには思えない状況**でしたが、祖父が断固として「呼べ！」と言い張るので、孫娘は呆れながらも仕方なく119番。救急車到着は予想より少々時間がかかり、焦れたじいさんは「まだか!?」と**家の前の道路までようすを見にいったりし、数分後、いよいよサイレンが近付いてくると、いそいそと階段下に戻って横たわり忠実に「転落現場」を再現。**救急隊員に、ここが痛い、そっちも痛いと訴えて、希望通り搬送されていきました。まあ、案の定異常がなくて、すぐに帰宅させられたようですが……。また、希望して検査入院したときも、暇を持て余し、家にこっそり**おやつを食べに戻ってきた**こともあったとか。そんなお騒がせじいさんが本気で倒れ、ついに正真正銘の危篤に陥った際も、ふだんの図太い人物像が故に、家族は内心「あっさり持ち直すんじゃないかな……」と、最期まで思っていたそうです。（C夫人）

佐藤家のお母さま

おおらかでアバウトすぎると有名な、佐藤家のお母さま。スーパーで「父・母・息子」の三人暮らしにもかかわらず、パッケージをよく確かめもしないで**「業務用50人前」のカレールー**を購入。帰宅後、さっそく調理に取りかかるお母さま。自分の盛大なミステイクに気付かなかったのか、それともいつものアバウト精神で乗り切ろうとしたのか、材料も水加減も「家庭での一般的な作り方」と同じ量に、問題の**「50人前のルー」**

をまんまぶち込んで、無理やり融かしたようです。ふだん、絶対にお母さまの料理に口出ししないお父さまが一言、**「濃いな……」**と呟いたという恐るべきカレーは、鍋にたっぷり残り、一度タッパーに移されました。が、再び食卓にのぼる羽目になったらしく、加熱のため鍋に入れたところ、タッパーに入っていたときのかたちをしばらく保ち、さながら**「不気味なプリン」**のようだった、と……。**（娘は薄味好み）**

今日の恐怖症

忘れてた

無趣味の私が、登山をしようと思い立ち、4000メートルの頂上に着いたとき思い出した。**「……高所恐怖症だった」**と。（みなみ）

夢に出てから

まゆげのないキャラクターが、怖いのです……。小さいときに夢に出てから、すっかり苦手の部類に入ってしまいました。セ◯ミストリートのキャラクターなど、とくに、ぞっとしてしまいます……。（うどん）

微笑みが怖い

モナリザ恐怖症です。**あの微笑が不気味で直視できません。**これまで、テレビに突然現れて目が合ってしまうという修羅場は何度かありましたが、何とかくぐりぬけていました。しかし、高校時代。世界史の授業でのこと。教科書を読む番で当てられたのは、こともあろうか

モナリザが載っているページ。文字を追いながら感じる彼女の視線。怖くて声が震え、脂汗がにじむほどでした。

（チーム泡盛）

すきまが怖い

私の怖いもの……それは**「すきま」**です。洗面所や和室に続くドアが少しでも開いていると「もし、あそこから女の人が覗いてたりしたら……いやあああぁぁぁ**！**」と、**全力ダッシュで**閉めにいきます。

（ビビリ子たん）

つまりが怖い

トイレがつまって流れないということが怖いです。通常なら速やかに流れゆく水が、徐々に便器の縁に迫ってくる恐怖……。

（伊達巻）

傾きそうで怖い

空いている路線バスが怖いんです。お客さんが4～5人乗っているくらいが、いちばん恐ろしいのです。みなさん入り口や出口から遠い、運転手さんの後ろの列に座ります。バスの片側のみに人がいると、**バスが傾きそうな気がして！**全身の力が抜けそうになりながら、運転手さんの反対側に座り、**なるべく窓よりに体重をかけてみる……。**（匿名さん）

例のメロディが怖い

我が家の愛犬は、音に敏感です。なので「怖い音」がたくさんあるのですが、最近いちばん怖いらしい音がわかりました。それは、**再放送の「火曜サスペンス劇場」の効果音。**CMに入るときに流れる、あの**「チャチャチャチャッ、チャチャチャチャッ、チャーラー」**ってやつです。CMに入るたびに、怯えてすがりつきます。毎回です。（ｈａｎｉｋｏ）

沈黙と静寂

甥が結婚することになり、お嫁さんの家族との顔合わせに呼ばれた私と娘。義兄曰く**「あの二人が来れば場がもつ」**と。会食の席で両家ともに緊張した雰囲気の中、がんばって話題を捻り出しては、座を和ませ盛り上げ続ける、私と娘。任務を遂行し和やかに解散となり、姉夫婦と甥に感謝され帰宅。二人で「あの沈黙に耐え切れなかった」「そう、しーんとした中でのご飯が」**バツの悪い沈黙と静寂が怖い二人は必死で話をし続けていた**のです。疲れ切った母と娘は炬燵で爆睡でした。やれやれ。

（匿名さん）

タオルの裏

子どものころに聞いた昔話。「手ぬぐいの裏で顔を拭いたら、顔が馬になってしまった！」それ以来、顔を洗ったあとは**タオルの裏表を必ず確認**して、表側でゴシゴシ。ウッカリ間違ったときは……キャ〜〜〜！

（まだ顔は人間です）

ダンナの呪文

コドモのゴハンを食べる手が止まったら、ダンナがすかさず「おかあさんが食べるよ」という。コドモは、必ず再開する。「俺が食べると言っても効果ないんよね」と言うから**「本気が伝わるんよ」**と答えておいた。しかし正確には、**本当にぜんぶ食べられたことがあるから……。**ダンナがあの呪文を唱えるたびに、毎回、食べるつもりで近づいていく。胃袋の準備は出来ている。

（北村あをき）

美容室でのシャンプー

髪を洗うまでは大丈夫なんです。**流す（すすぐ）のがダメ**なんです。右耳の後ろへ、ゆーっくり泡やらお湯やらが地肌に沿って流れていく、あの感じがダメなんです。とくに**右耳の後ろにスイッチ**があるらしく、その瞬間、**腰が跳ねます。**すごく恥ずかしいです。余計に恐怖です。

（自分洗髪は何ともないのに！）

注射が嫌だから

健康維持についてたいへん知識豊富な15歳年上のお友だちがいます。自身で健康法を実践して健康的、ときおり納得できる健康アドバイスをくれてとっても尊敬しているのです。人格もお茶目で爽やかで力強く、仕事もバリバリこなす素敵な女性なのですが、そんな彼女の健康への思いは**「注射が嫌」**という理由によるものだと知りました。とにかく注射が嫌で、予防注射もあの手この手でエスケープしてきたそう。それにより、予防注射を受けてなくても健康を維持できるよう、何か病気になって注射を打つシチュエーションに陥らないよう、**とにかく努力しての今の健康オタクぶり**だと聞いて驚き、あらためて尊敬しました。

（私はアラサー）

注射が怖いので

クリニック勤務です。インフルエンザの予防接種に、保育園から先生方がいらっしゃいました。わがムスコたちも通っているのでみなさん顔なじみ。粛々と問診、接種をしていたら、ある先生から「あの〜、ひとつお願いが」と。私「何でしょう？」先生「この間、○○ちゃんに貼っておられたア○パ○マン貼ってください」私「えっ」先生**「注射、怖いんです！」**注射跡に貼る、小さいばんそうこうに、某国民的元気百倍甘味ヒーローを描いて、チビちゃんに「頑張ったね」と貼ってるんです、私。もちろん、ご要望とあらば大人の方にもサービスいたしますよ！

（タナボタばんざい）

蓮が怖いせいで

ぶつぶつしたものやぼこぼこしたものが怖いです。とくに、蓮。切っても切っても穴が続くのが怖くて、レンコンが見れません。仏像が好きなのですが、**蓮が怖くてゆっくり見れません。**

（譲）

バイクの音が怖いせいで

私は**「バイクの走行音恐怖症」**です。幼稚園のころから、家の前をバイクが通る音がするたびに怖くなって、誰か家族のそばにくっついていました。なので、**将来ツッパリとは付き合えない、海辺を走る系のデートも未来予想図的な何かも絶対無理**と思っています。

（くろぇ）

側溝の蓋

高校生くらいまで、**もし、側溝の網目状の蓋が「寒天」で出来ていたら**と思うと怖くて乗れませんでした。必ずよけるか、飛び越すかしてました。今では大丈夫ですが、それでも5回に1回は**寒天だったら**……と思い、そっと端っこ踏んで確かめてから、素早く通り抜けることにしています。

（てらいかーさん）

マンホールの蓋

マンホールが怖いです。踏んだときに、**水が下から噴水のように吹き上がってくるのではないかと**不安になるので、踏まないようにしてしまいます。

（ｍｋ）

ホクホクしたもの

口が渇く食べ物が苦手です。クッキーとか、ホクホクしたカボチャ、サツマイモ、クリも……。味が嫌いなわけではなく、食べるたびに**「ホクホク→口の水分が無くなる→喉に詰まる」**を**連想**してしまって。友人には「お茶を飲みなさい」と的確なアドバイスをいただいておりますが。

（それでも苦手）

ゲームオーバー

とにかく、どんなゲームであろうと**「ゲームオーバー」**や**「Ｇａｍｅ

○ver」の**文字が怖い。**いまここに投稿するために書いてる文字も怖い。
（匿名さん）

びっしり

「びっしり」という言葉が どうしても怖いのです。何か無数の細かいものを連想してしまうようで……。あぁ……**書いてる今も全身に鳥肌が発生**しております。

（けいちゃん）

カニ

私が怖いものは**「カニ」**です。あのルックス、動き、何を考えてるか分からない目……怖い！　なのに**茹だってるとおいしくいただきます。**
（みなみ）

さんま

友人カップルの家に招かれたときのこと。料理自慢の彼氏くんが「今夜はさんまの塩焼きだよ〜」と夕食をふるまってくれたのですが、出てきたさんまの**目玉がない。**なぜと聞くと、彼女ちゃんが**「魚の目玉恐怖症」**で、いつも目玉を外してあげるんだそうな。「目玉があると、見られている気がして食べられない」という彼女ちゃんですが、私は目玉のないさんまの方が怖いよ！

（秋美味し）

砂鉄

理科の教科書に出ている、**棒磁石の回りに群がる砂鉄がダメ**です。頭の先まで鳥肌がかけのぼるのです。小学生のころは、そのページをうっかりめくらないように**ホチキスでとめていました……。**

（にゃんぎょ）

パピプペポ？

うちの親類だけのことでしょうが……。代々、父親が子どもを叱り飛ばすとき、必ずグーの右手に親指だけ立てて**「パピプペポ！」と叫ぶ**

のがお決まりでした。みんな**「お父ちゃんがパピプペ言った〜！」と泣きじゃくって**いました。今から考えると何が怖かったのか謎ですが、たいそう効き目がありました。（うちの息子には効かなかった）

パンジー

妹は小さいころ、花壇に咲いているパンジーを見ては**「おヒゲの顔に見える〜」**と、いつも恐がって泣きだしていました。（マリオ）

岩

私は**「岩恐怖症」**です。とくに**大自然の中にある大きな岩**が恐ろしく、ひとりでは近くに寄ることもできません。倒れてきたら、降ってきたらどうしようという恐怖感よりも**妖怪的な恐ろしさ**を感じるのです。ちなみに、明るくひらけた場所にあったり、まわりに人がたくさんいると発症しません。（匿名さん）

キュッキュッ

うちの父親は、**片栗粉恐怖症**です。何でもキュッキュッとした感覚がイヤなようです。

（あをによし）

しゃきっ

私の友だちはりんごが苦手。味が嫌いなわけではなく**「しゃきっ」という音がダメ**だそうで、私も近くででりんごを食べるときは、あさっての方向を向いて食べます。

（からすびしゃく）

我慢が怖い

夜中に急な腹痛に見舞われました。それも激痛。寝返りも出来ず、立てず、這って移動し病院へ。お医者さまのお診たては**「オナラを我慢しすぎ」**それからというもの、私はオナラを我慢することができません。**怖くて。**

（あれから20年）

見上げるのが怖い

高いところを「見上げる」のが苦手です。高い建物の屋根を下に立って見上げると、足をすくわれるような、何とも言えない感覚に襲われます。小学生のころに気づきましたが、部屋の天井程度なら平気なので、自分でも忘れていました。思い出したのは旭山動物園。**高い場所にいるオランウータンを見たとき。**ほとんど立っていられなくなった私を見て、母と弟には「何で？」と聞かれました。こんな人、自分以外にもいるのだろうか……。　（べべる）

タートルネック

私の姉は**「タートルネック恐怖症」**です。首がチクチクかゆくなるし、締めつけ感もあるので、苦手な方も多いかもしれませんが、姉の理由は**「首を絞めて殺されるような気持ちになる」**です。同じ理由で、マフラーもネックレスもダメ。いたって平和に暮らしているのに、なぜ暗殺気分……。

（冬は首が寒そう）

ヘビ

高校のときクラスにいた子は相当のヘビ嫌いでした。理科は生物を選択していたので、図表の**ヘビの写真を付箋で隠す**のはもちろんのこと、**ヘビという言葉を聞くのも、文字を見るのもダメ**という徹底ぶり。ある日の現代文の授業で、彼女は音読を指名されました。その箇所に**「蛇」という文言がある**ではないですか！　教室中がひやひやしながら聞いていると、彼女は**「舵を……」**と。頭に入る前に自動変換されたようです。

（うみへび）

固形石鹸

この世でいちばん怖いのは**固形石鹸。**水に濡れてぬめった部分が爪に入ることを想像するだけで**全身鳥肌で腰が抜けます。**小学校で手を洗うときは、最大の勇気を振り絞って石鹸を触ってました。

（この文章打ってる間も全身鳥肌）

人形

幼いころから**人形が大の苦手**だった私。人形を見るたびに泣いていました。その後、成長して自動車教習所に通っていたときのこと。日々の講義にうんざりしていた私に教官が「今日は楽しい講義だから大丈夫だよ」と。期待を胸に講義に行くと、そこには**3体の救命救急の練習用の人形**が。大泣きしながら講義を受けました。教官を20年やっていて、そんな人ははじめて見たそうです。

（人形恐怖症）

夜の貨物列車

友人はなぜか**「貨物列車」**が苦手です。とくに夜間に走っているところに出くわすと、あたふたします。先日、その友人とドライブ中まさに「夜・貨物列車」という状況に遭遇しました。助手席に座る友人を見たら**薄目でやり過ごしていました。**

（まろん）

表情が変わらないから……

巷では「ゆるキャラ」がどんどん生まれ、身近にふれあう機会に恵まれていますが、20数年前から、**何があっても表情の変わらない彼らが怖くなりました。**今では街を歩いていても、油断出来ないくらいの遭遇率なので、毎日ドキドキしっぱなしです。（忍者になりたい）

不思議がられる恐怖症

その1、**自然恐怖症。**とくに**空。**星空なんて本当に怖い！　宇宙の中に自分がポツンといる感覚に襲われる。山や海でも。でも、嫌いなわけじゃないの……誰かといるときは感じない……なぜなのか……知りたい。その2、**地図恐怖症。**とくに、等高線が描かれていて、平地とか山地が分かりやすい地図。宇宙の中に自分がポツンといる感覚に襲われる。宇宙から覗く感じ。そんな恐怖。（匿名さん）

目薬が落ちる瞬間

以前勤めていた会社に、Mさんという**目薬恐怖症**の方がいました。**目薬が目に落ちて来る瞬間が怖い**のだそうです。45歳の、がっちりした体型の男性のMさんが、目薬をさすポーズのまま1分、2分……と固まっているので、気がつけば私を入れて4人のギャラリーが。目薬の容器の先でぷるぷるして、いつ落ちてくるかわからない一滴（あくまでMさんは容器を押したりしない）に全員が注目する中、ついにその時が！注目の一滴が容器から離れ、今まさにMさんの右目に入らんとしたそのときです。Mさんは**「だめだ！」**と叫び、**顔を大きくそらせて目薬の侵入を拒否した**のです！　今までの時間はいったい⁉　予想もしない結果にギャラリーは全員笑いころげましたが、Mさんは一人真顔で「ああ、だめだった……もういちど……」と、また目薬をさすポーズに入ったので**2度はつきあっていられないと、ギャラリーは解散した**のでした。

（自動ドアも開かないMさんは人気者）

怖がりすぎ

わたくしの母は**「獅子舞」**が怖い。その怖がり方は、とぉぉぉおーくのほうからお囃子が聞こえてきたら**家中の鍵を閉めてまわり、**いよいよ家に近づいてきたら**こたつの中で頭を抱えて泣きながら震えているほど**です。その理由はいまだわかりません。

（虎姐）

こんな理由で大ゲンカ！

戦いの果てに

私中1、兄中2、自宅の茶の間で勃発した兄妹ゲンカ。コタツを挟んで、テーブルにあった**おにぎりを投げつけ合う**私と兄。気がつけば皿に盛ってあったおにぎりは**すべて消え、**ふたりとも米粒まみれ。そして**兄の肩に梅干……**。

（武勇伝はおにぎり戦争）

怒りのポイント

交際期間が短かったので、新婚時代は、夫の度量の広さを探っていました。**何を言っても怒らない**ので、軽いジャブから始まり、けっこうひどいことを言うまでになってしまいました。そんなある日、夫が突然、怒り出しました。「前々から言おうと思っていたけど、おまえは、自分が身体が柔らかいからって、**身体が硬いオレをバカにしている！」**結婚生活約20年、あんなに怒りをあらわにしたのは、このときだけです。

（ゆきまつり）

家族の秘密

もう十数年前になりますが、夕食を「寄せ鍋」にするか「すき焼き」にするかで、弟と大ゲンカをしたことがありました。弟はすき焼きと言って譲らず、私はどうしても寄せ鍋が食べたかったので、頑として譲りませんでした。結局、母の仲裁が入り、寄せ鍋に落ち着いたのですが、腹立ちまぎれに**弟が壁を蹴りつけ、**当時**新築**だった家に、**体が半分入りそうな大穴を**開けてしまいました。その穴は、**父の知らないまま未だに残っています。**

（みずき）

筆箱のゆくえ

うたた寝から目覚めた私は、母に**「筆箱丸めてどこにやったの⁉」**とキレ気味に言った。わけがわからず「寝ぼけてんじゃないの？」と言う母。私はさらに「寝ぼけてなんかないわ！　どこにやったの！」……だんだん意識がはっきりして、**「はっ、私寝ぼけてる」と気付いたが、**

今さら後には引けず**「もういいわ！」**と言い残して部屋を出ました。だって夢のなかで、母が筆箱を丸めて片付けてたんです。ただ、私が当時使っていた筆箱は**アルミのもの**でしたが……。

（匿名さん）

派閥の争い

同居していた友だちと、**マーガリンの使いかた**で大ゲンカしました。自分は「表面をカンナのように削ぐ」派、相手は「スコップのように掘り下げる」派。けっきょく、それぞれに**マイマーガリンを用意**することで落ち着きました。

（いとみち）

派閥の争い2

30年来の大親友と、忘れもしない、畑と田んぼに挟まれた学校の帰り道で、**トシちゃんとマッチ、どっちがいいか**で、大ゲンカ。しばらく口をききませんでした。もう20年以上も前の話です。

（私はマッチ派です。今でも）

派閥の争い3

2年ほど前。「ドラえもん」を、平坦に発音するか、関西弁的に抑揚をつけて発音するかで**クラスが真っぷたつに割れた。**

（単調が多分あってる）

真相は？

20年くらい前、ラジオ番組を聴いていたら「友だちに、アグネス・チャンの『ポケットいっぱいの秘密』って、ティン・パン・アレーが演奏してるんだぜ、と言ったら、そんなことあるか！　と**取っ組み合いのケンカ**になり、**歯が折れました。**真相はどうなんでしょうか？」というリクエストカードが読まれていました。

（YOU）

母の出奔

いま、私の友人の家では、あり得ないようなことが起きています。どういういきさつかは知らないのですが、**ジュースのことでとても気に障ること**があったらしく、お母さんが、家を出て行ってしまったそうです。原因は、ジュース。ジュースひとつで親が家出……。早く帰ってきてくれるといいです。

（匿名さん）

父母のいさかい

正直、理由はわかりません。こわくて聞けません。でも、先日、台所のほうから**「イカの塩辛と私とどっちが大切なの⁉」**という怒声が聞こえてからというもの、どうも母が父におカンムリなのです……。

（こーねんきか）

唐揚げ

主人と焼き鳥屋に行きました。主人が、唐揚げの最後の1個を「半分こしよう」とお箸で割ったのですが、私のほうには唐揚げの衣しかなく「こんなんいらんわ！」と言うと「大きいほうをあげたつもりだった！」と逆ギレ。その後**「偽善者！」「オマエに俺の優しさはわからない！」**と、エスカレートしまくり。話は人生に対する姿勢にまで及び収拾がつかなくなりましたが、フテ寝しながら「なんでこんなことになったんだっけ？」と、ちょっと思いました。（負けず嫌いと頑固者のカップル）

俺の金

数年前の話です。入社して間もない営業Yさん（当時27歳）は、指導係の入社1年目のMさん（当時25歳）に同行させてもらっていました。駅で電車待ちしているとき、Yさんが「これオゴリ」と、Mさんに缶コーヒーを渡そうとしました。しかし、Mさんは手を滑らせてしまい、缶がホームに落ちたと同時に電車到着。「ゴメン、手が滑った」「ゴメンじゃない。**金返せ！**」「……なんで？　オゴリやろ？」**「もとは俺の金！　だから返せ！」**「どういう理屈だ！」そんな言い争いをしたと、ふたりは笑いながら飲み会で披露していました。（わっこ。）

俺の気持ち

酔うと昔話が始まる父、64歳。今回は私が5歳のときの、デパートの食堂での出来事について愚痴りはじめました。お子さまランチと盛りソバを頼んだところ、私がソバを一人前食べてしまったため、父がお子さまランチを食べるハメになったという。**「そのときの俺の気持ちが、お前にわかるかっ！」**32年前です、お父さん……。

（たまきち）

俺のアイス

母が買ってきた、6個入りのたい焼きアイス。うちは両親とわたしの3人家族なので、1人2個ずつ。お風呂あがりにとっておいたアイスを食べようとした父が**「俺のアイスがない！」と裸で叫びました。その姿で怒りくるう父**と、酔っ払って食べたの忘れたんじゃないの～と言う母。いや、でも昼間ずっとうちにいる母が、韓国ドラマを観ながら無意識に食べた可能性が大かと思われ……。

（自分の食べ物には名前書くことが決定）

妙齢の姉妹が

私が**25歳**、妹**22歳**のとき、**シュークリーム**を食べた食べないで大げんか。**最後はつかみ合い**になり、母に止められました……。そのときの**妹のロボコンパンチ**が忘れられません。

（思い出すと今でも笑ってしまう）

妙齢の女子が

もう10年以上もの付き合いになる友だちの家で、まったりテレビを見ていたときのこと。彼女が突然「そういえば子どものころ、**せんねん灸のCMにドキドキ**したよね？」と言ってきたので、素直に「せんねん灸ってなあに？」と聞き返しました。そしたら**「バカじゃないの、あれを覚えてないなんて**タ**ルんでる証拠よ」**とまで。わたしは「ムキー！」となり、それから20代後半、いいトシの女子ふたりで目に涙をためての大ゲンカ……。

（まき太郎）

納豆

疲れきって帰ってきた晩。ダンナさんと、**どっちが納豆をかき混ぜるか**で大ゲンカした。けっこう体力を必要としますから、あれは……。

（匿名さん）

納豆2

納豆を混ぜる回数。ナットウキナーゼをたくさん出すため、必死にかきまぜる私に対し、夫は**10回まぜれば充分**だと……。新婚時代、大勢の友人の前で。

（一日二回食べてます）

ラーメン

休日、昼どきの繁華街を歩いていたとき。通りの端で**中年の男女**が何やら言い争っているようす。横を通り過ぎるとき「……あんたは、いつもいつも**ラーメンラーメン**って、**ラーメンばっかり！**」という女性の言葉が耳に入った。何を食べるかで、もめていたらしい。「だっていいじゃん！　ラーメン……」と、語尾が弱まった男性も、微笑をさそった。

（匿名さん）

ギョーザラーメン

オットの学生時代の話。男4人でラーメン屋に入って、それぞれラーメンを注文、さらにみんなで食べようとギョーザも追加。そのとき、メンバーのひとり・B君に対して「お前は**ギョーザラーメン**なんだから、**こっちのギョーザは食うな！**」頷く他のみんな。「いや、このギョーザはラーメンの具！　俺にもそっちのギョーザ食わせろ！」と反論したB君ですが、結局、許されなかったそうです。今でもB君は、その20年前の恨みを悔しそうに語りますが、**誰もそのエピソードを覚えていない。**それどころか、オットも、B君の奥さんさえも「今、同じシチュエーションになっても、ギョーザはあげない。だってお前のラーメン、ギョーザ入ってるんでしょ？」「あたしもきっとあげなーい」なんて言うから、またB君は反論。**ギョーザラーメンのギョーザの位置づけ**をめぐり、アラフォー世代のいい大人が激論！

（ちゅば夫人）

母の後頭部

おかたい父と、おとなしい母がいます。ある晩、酔った父が、母の後頭部に**小さなみかん**を投げました。一晩中、今まで見たこともないような、激しいケンカをしていました。数年後、またしても酔った父が、母の後頭部に**ふくらました紙風船**を投げました。一晩中、過去いちど見ただけという規模の激しいケンカをしていました。私は、**母の後頭部には出来るだけ触らないよう**こころがけています。

（匿名さん）

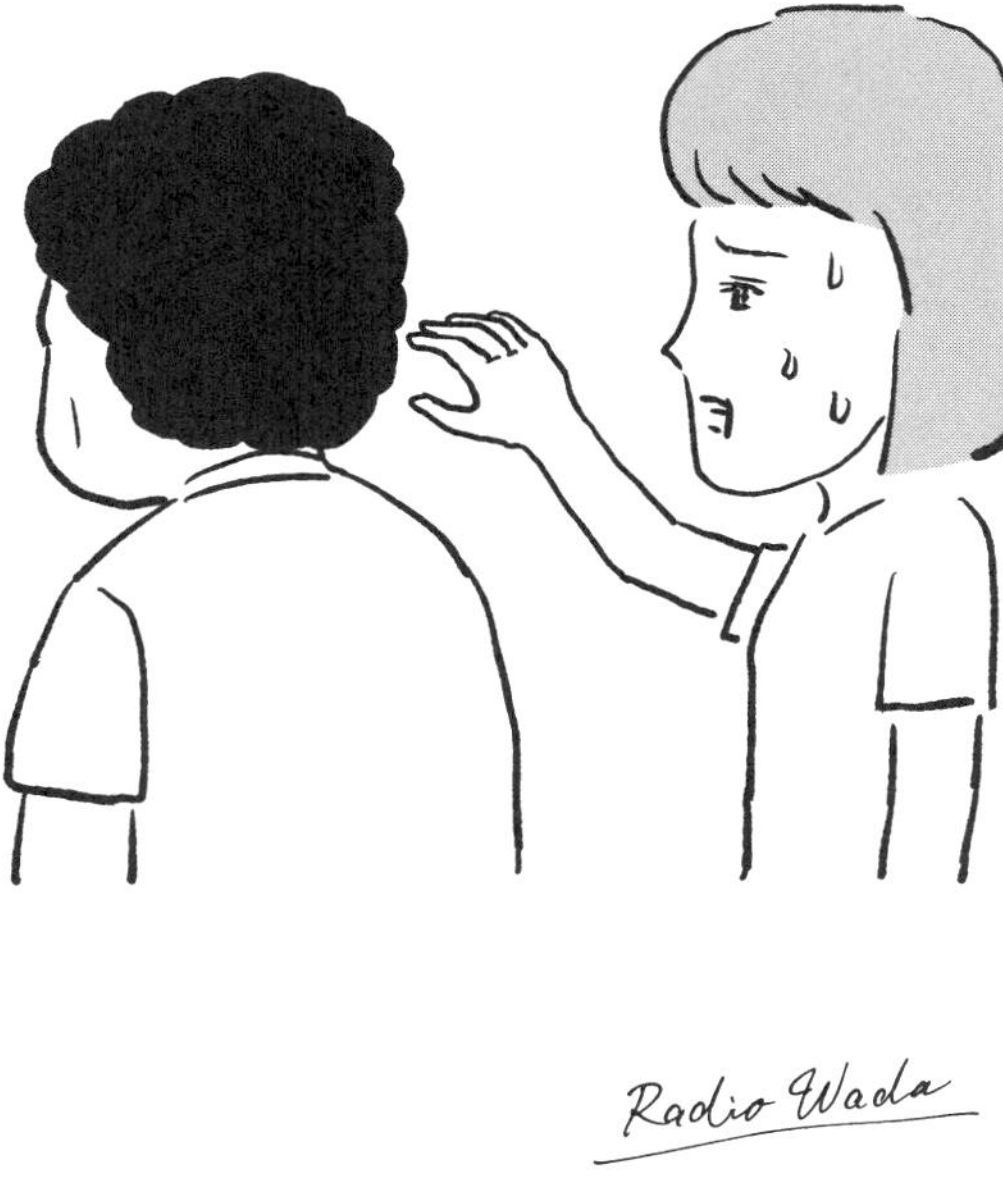
Radio Wada

父の拳

中学生のころ、『よりぬきサザエさん』を、どっちが先に読むかで父と大ゲンカ。互いに一歩も譲らず、しまいには**父になぐられました。**そこまでして読みたかったのか、『よりぬきサザエさん』……。

（匿名さん）

わけまえ

数年前、三姉妹で大ゲンカになったことがあります。きっかけは、姉が「年末ジャンボが**1億円**当たったら、あんたたちに**100万円**ずつあげるね」と言ったことです。**「ケチ！** 1億円当たったのに100万円⁉」「そうよ、100万円なんて**たったの1％じゃない。ケチケチ！」**と、妹といっしょに姉を責めていたら、姉がマジ切れして、大ゲンカに……。母に「そういうのを取らぬタヌキの皮算用と言うのよ！」と怒られました。

（せんぺる）

もみあい

彼氏も私も空腹状態なのに、炊飯器は空っぽ。で、ごはんを炊くことになったんですが、私は少しでもおいしいごはんが食べたかったので「30分、水を吸わせてから炊く！」と主張しました。一方で彼氏は「早く食べたいんだから、30分置かなくていいし快速炊飯で炊くんだ！」と反論。**炊飯器の前でもみあい**になりながら、**ボタンの押しあいに……**。

（nossan）

つるつる？　ざらざら？

結婚したばかりのころ、夫婦で**お箸**を買いに行きました。見た目にはつるつるしたお箸がよさそうだったのですが、うどんなどを食べるときには、少しざらざらしたほうが食べやすいかも……などと悩み、主人に「どう思う？」と聞いたら**「どっちでもいい」**と言う返答。「どっちでもいいって何よ！　私はこんなに悩んでいるのに！」と大ゲンカしました。……

アホらしい。

（匿名さん）

おにぎり一個で

彼と行きつけの飲み屋へ。たくさん注文してしまったので、彼が**おにぎりは食べられないと言い出した**のです。「わたしも自分のぶんでいっぱいだよ！」「俺こっちの料理、ぜんぶ食べたもん！」「食べられないなら頼むな！」「何なんだ！」おにぎり一個で……。

（同棲2年）

受話器のうしろで

遠方に住む父から電話。「今日は大雪か？」「ううん、晴れてるよ」「そうか、テレビでそっちは大雪だって言うから……」すると、うしろで母が怒っている。「だから言ったでしょう！　そんなことでわざわざ電話して！」

母よ、なぜそこまで怒るのか……？

（父はテレビっ子）

14年越しの問題

新婚時代、冷凍たい焼き（5個入り）を買ったときのこと。はじめに2個ずつ分けあって食べたのだが、最後のひとつを夫がいないあいだに食べた私に対し、夫が激怒した。しかも**個数を勘違い**している。「5個のうち4個食べたな！　4個食べたな〜！」……ひどい、仲良く分けあった日々を忘れたのか、夫よ。それから**14年の月日**が流れても、未だ決着はつかず。**「4個食べたな！」「いーや！　3個しか食べてない！」**と……。（カズリーヌ）

5年間も

暑いので窓を開けていると、隣家から親子ゲンカの声が。「あんた、夏休みは宿題がないって、**5年間も騙してたのっ？」**隣家には小6の娘さん。騙されるほうも凄いと思います、お母さん。（独身者）

信用の問題？

赤信号で止まった私に向かって「今なら渡れる！　行くぞ！」と、横断歩道を渡り出した彼。止まったままの私を置いて渡りきり、向こうから**ものすごい形相**でこちらを見ている。「信号と俺、どっちを信用するんだ！　**もっと俺を信じてついて来いよ！**　あぁ、本当に信用されてないんだな……」小さいころから「信号は赤で止まる、青で渡る」を守ってきましたので……。

（ピーポ子）

リンスとシャンプー

ふだん、めったに怒らない彼のお家に泊まったときのこと。先にお風呂を借りたあと、彼が入り、しばらくして怒声が聞こえてきました。何ごとかと駆けつけるとシャンプーとリンスが逆に置いてある、とご立腹。**「リンスしたあとシャンプーしてしまったじゃないか！」**と言うので、**リンスの時点でなぜ気づかないのか**と笑うと、大ゲンカに。

コーンを許せずに

カレーが食べたいと言われ、カレーを作ろうとしてたら、**途中でコーンを入れられた。**「こんなのカレーとして許せない！」とシチューにしたら、その後、一日会話なし……。

（理解不能）

ぬれぎぬの報い

朝、寝ぼけた主人が「夜、**でかいおならした**べ！　夢にまで出てきたぞ！　においもリアルだったし……」と、ご立腹。あたしゃ、あなたのものすごいおならの音&においでびっくらこいて起きたのよ！　言い合いになり腹が立って、**朝のおかずを一品減らしました。**

（まるお）

（匿名さん）

男好き vs ネクラ

私が大学生、弟が中学生のころ。夕食の鍋をつついていたとき、弟の箸から汁が私の顔にかかり、怒った私は、同じように汁をかけると、弟も大激怒。お互い罵り合いのケンカに。**「この男好き！」「このネクラ！」**その後、仲直りしましたが、なぜ中学生相手にあんなにムキになったのか……いまだに分かりません。（ごめん。大人気なかったね）

ドーバー vs マッター

その昔、テレビで「ドーバー海峡を渡り、次はマッターホルンに挑戦！」というバラエティがあり、**ドーバー渡るのとマッター登るのと、どっちが難しいか**で夫と大ゲンカ。私が「マッターホルンで遭難したら捜しにも行けない！」と言うと、夫は「ドーバーで沈んだらどうする！　助けられないぞ」と。「いや、船がたくさんついてるから危険性は低い」「そんなの違う」と両者譲らず。しまいには**テレ**

ビまで消して1時間以上にわたり大モメ。決着つかず……。

（くるみ）

食べなさい vs 食べんでいい

夕食どき。娘が「もう食べれん」とごはん（白米）を残そうとしたので、私は「あと少しやし、頑張って食べり」と食べさせようとした。すると夫が「炭水化物は太る原因やけん、無理に食べさせんでいいやん」と言い出し「食べなさい」「食べんでいい」……と、食卓でケンカ。結局「残すのはもったいない」という理由でケンカは終了し完食させましたが、**娘はまだ3歳……。**ごはん食べて太ったって、いいやないの！

（炊きたてごはん大好きママ）

ジェニファー vs アンジー

数年ぶりに姉妹喧嘩をしました。「ブラピとジェニファー、ブラピとアンジーでは、どちらのカップルが素敵か？」ということについて、今さらながらに口論をかわし、お互いどっちも譲らず。最終的に**「アンタにブラピの何がわかる！」**と叫んで**我に返りました。**

（ジェニファー派）

父 vs 母

子どものころの思い出で、本当にくだらなく、忘れられないケンカがある。それは、両親の口ゲンカ。お互いかなりヒートアップしている模様で、こっそり聞いていた私は、驚いた！ なんと、**居酒屋の「村さ来」をどう読むか**で揉めていたのだ。母親は**「むらさき」**だと主張し、父親は**「むらさこい」**だと主張し、お互いに引かない。大きな声で、何度も何度も「むらさきや」「むらさこいって読むんや」と言い合っていた。

（のの）

聖子 vs 母……？

高校生のころ、母とふたりで音楽番組を見ていると、松田聖子さんが新曲を発表されていました。その少し前に、彼女はいろいろとワイドショーを賑わせていました。そんな彼女を見て、母が言ったのです。「この人はプライベートでいろいろあったよねぇ」と。私は別に、彼女の熱烈なファンでもなく、むしろそれまであまり関心を持っていなかったのですが、なぜか、その母の言葉にカチンと来てしまいました。**「お母さんに彼女の何が分かるの？　彼女はぜんぶ否定してたじゃん！」**それから、松田聖子さんをめぐり、しばらく激しい言い争いになりました。

（当時の私に理由を聞きたい）

実家LOVE

ダンナの実家に帰省するときの日数で大ゲンカ。「6泊7日がいいなあ」というダンナに「5泊6日にしてよ」と言ったところ「おまえは俺の実家に帰りたくないんだな！　**離婚だ！」**と……。たった1日の違いで、なぜそこまで怒るのか？

（実家ラブ夫）

どちらも正解

小学生のとき、一緒に通学していたまあちゃんと「ガイコク」の意味についてロゲンカになりました。まあちゃんは、それは**アメリカのことだ、**私はそれは**ドイツのことだ**と言い張り、平行線のままケンカ別れ……。

（こ）

ナメクジ退治

昔、井戸端会議で、私が「ナメクジが出たので、塩をかけて退治した」と話したら、ある奥さんが「塩をかけただけでは、完全には死なないのよ」と言い出したのです。ともにムキになりながら「いいえ、ちゃんと死んでました」「いいえ、死にません」**「死にます」「死なないの」**と、言い争いに発展。まわりの奥さんたちの呆れ顔……。

（くらむぼん）

Hiromi Go

数年前、私が寝ているときに**「郷ひろみが、郷ひろみが……」**と寝言を言ったらしいのです。それを聞いたダンナが「郷ひろみが⁉ 郷ひろみがなんなの⁉」とおもしろ半分に私を揺さぶり、私は「郷ひろみがなんだー⁉」と叫び、**彼を振り払った**そうです。たぶん**すごい力で……。**気づいたときには「実家に帰る！」と言い張る彼に「話せばわかる！」と、しがみついていました。寝ぼけて覚えていないあいだの、大ゲンカでした。

（さいちゃん）

「リー」の部分

うちの主人と、80年代洋楽の話で盛り上がっていたとき。ヴァン・ヘイレンのボーカル、デイブ・リー・ロスの**「リー」の部分**が、変に半音上がっていたので変だと言ったら「変じゃない！　俺のが正しい！　君のが変だ！」と言い張る。**小林克也**はフラットだったとか、いや**ピーター・バラカン**の発音を聞いたことがあるのかとか、挙句は**マイケル富岡**、さらには日本版MTVでナビをしていた**セーラ嬢**まで引っ張り出しての大論争となりました。答えは未だに出ていません。

（あいこ）

「リ〜」の部分

「へぇ、ポリス復活したんだ〜」と言ったら、英語ネイティブの夫が「ポリス？　ポリスってなに？」「ポリスだよ。スティングの」「ああ、**ポリ〜スね**」「は？　ポリスでしょ」**「ポリ〜ス**だよ。警察のこと、ポリスっていうの？　ポリスっていうんだ。へぇ〜」ふだん日本語ペラペラな夫なだけに、こういうところで変に直されると妙にムカつきます。「今度から**ポリ〜ス**と言うように」とまで言われ、腹立ちついでに投稿しました。**そんなん恥ずかしくて言えるか！**

（カイテリテリ）

恋の終わり

私がまだ幼稚園のころ。友だちのKくんと、**サンタクロースがいるか、いないか**で大ゲンカになりました。私がいない派で、Kくんがいる派。勝手に怒り出したのは私ですが、取っ組み合いになり、**Kくんの髪を思い切り引っ張って**しまい、それ以来、Kくんは私と遊ばなくなりました。今も、謝りたい気持ちでいっぱいです。だって**初恋の人**なんだもん……。

（tomchan）

亀の見分け

飼いはじめてから、かれこれ8年になる亀が2匹います。カメオとガメオという名前。はじめは一匹で飼っていたところ、やっぱりさみしそうだからと、もう一匹買ってきました。後から来たほうが、大きくちょっと乱暴なガメオです。……と、そう思い続けていたのですが、夫は**「違う、それはカメオだ」**と、言い張ります。たしかに飼いはじめたのは夫。しかし世話をしているのは私。間違うはずがない。「カメオだ、いやガメオだ」と言い争ううちに、どっちがどっちか**本当に分からなくなってしまいました。**

（匿名さん）

数日後

先日、自動車のテレビCMでやっていた「ヘリー・ハンセン・リミテッド」という言葉を「テリー・ハンセン・リミテッド」と聞き間違った夫。「なんでプロレスラーのリミテッドなんか売るんだ」と聞くので、「それはプロレスラーじゃなく、ヘリー・ハンセンというブランドとコラボした車だよ」という私の親切な説明にも耳を貸さず、あのレスラーはテンガロンハットを被ってかっこよかっただの、あんまりしつこくこだわるので、とうとうケンカになった。数日後、ふと、レスラーの名は**「テリー」じゃなく「スタン」だったな**と思い出し、「勝ち」を確信しながらオットにそう告げると「ああ、たしかそういう名前だったね、はっはっは」……って、言うことはそれだけかい！

（匿名さん）

渦中のカツ丼

ダンナと付き合っていたころのこと。カツ丼を作るとき、面倒なのでふたり分いっしょに卵でとじようとしたら「一人分ずつでなければ、おいしくないからダメだ」と偉そうに言われ、カチンときた私は「そんな風に言うなら、好きなように作れば？」と返し大ゲンカとなり、**渦中のカツ丼は**どちらにも食べてもらえず**冷え冷えに……。**（ハヅキハハ）

家出

10年くらい前、姉と同居していた。姉が朝ごはん用に買って来ていた**カニパンを食べてしまい、**大ゲンカに。**2日くらい家出**しました。（匿名さん）

家出2

元カレと、日曜日の夕方に『**笑点**』**を見るか見ないか**で大ゲンカ。

彼は「笑点見るくらいなら寝る！」と寝てしまい、見たい派の私は、携帯も持たずに彼の家を飛び出し**2時間ほど帰りませんでした。**『笑点』に対する私の思いは、相当のものだったんですね。

（座布団）

家出寸前

ダンナといっしょに住んで半年。このあいだ、仕事から帰ってくるなり、突然**「青い野菜を食べてないんだよ！」**と怒鳴られた。たしかにその日の献立は、もやし炒め。その前の日は玉ねぎのサラダ。その前はにんじんを使った料理。でも**「3日前にはホウレン草を出した」**と反論したけど、記憶にないと言い張る。家出寸前の大ゲンカになりました。

（ちゃこ）

ミカンの思い出

私が小学生のときの話です。私と兄に近所のおばちゃんがケーキをひとつずつ買ってきてくれ、兄はすぐに食べ、私はお風呂あがりにゆっくりと食べようと箱に入れたまま冷蔵庫で冷やしておきました。そしてお風呂から上り、さあ食べようと箱を開けると……。中には**ミカンがひとつ、ポツネン**と置いてありました。犯人はもちろん兄です。とぼける兄に怒った私は、押入れに篭城。しかし、お腹が空いたので、その**ミカンを泣きながら食べた**のでした。甘酸っぱいその味は未だに忘れられません。

（えび）

ミカンの思い出2

亡くなった母方の大叔母は、厳しく頑固な女性でした。その大叔母の娘さんとの結婚を考えていた男性が、初めてご挨拶に行ったときのこと。彼はとても誠実で心優しい青年。にも関わらず、何が気にくわないのかニコリともせず、だんまりを決め込む大叔母。なんともギクシャクした空気の中、青年が思い切って「お嬢さんと結婚させて下さい」と言った、その瞬間！　大叔母は**テーブルの上のミカンをむんずとつかみ、青年に向かって投げつけた**そうです。ポカーンとする青年。激怒する娘。知らん顔の大叔母……。その後、ふたりはめでたくゴールインしたそうです。

（やまもんより）

ミカンの思い出3

高校生のころ、ひどい口内炎に苦しんでいたとき。父が「このミカン、おいしいから食べろ」と、しつこく勧めてきた。「口内炎にしみるからいらない」と何度も断っていたら逆ギレされ「お前なんか、**ひからびて死んでしまえ！」**とまで言われた。それから約3日、冷戦。

（反抗期かなあ……）

幼年の主張

休日、とあるスーパーで聞いた、子どもふたりの大ゲンカ。「ヘリコプターの**プロペラは丸いだろ！」**「ちげーよ！　**四角いよ！」**……えーっと、プロペラの先端が丸いか角張っているか、ってことか？

（風の置物）

4歳児の悪態

4歳の息子がごはんを食べないので注意したら、小さな声で**「お尻おっきいんじゃ！」と。お説教第2ラウンドへ突入**しました。

（きなこ）

人間です

小学生のころ、親友と「きんさんぎんさんは**人間か人形か」**で、1週間まったく口もきかないくらいの大ゲンカに。

（私は人間派）

妖怪大戦争

うちの夫は、戦争映画が好きです。ある日「レンタルショップに行くけど、何か見たいのある？」と聞いたら「戦争モノならなんでもいい」と言ったので**『妖怪大戦争』**という作品を借りてきました。すると**「こんなん戦争モノちゃう！」**と夫は激怒。「戦争って書いてあったら

何でもいいって言ったじゃん！」と反論する私。結局、見ずに返しちゃいましたが……『妖怪大戦争』に罪はない。（戦争反対）

「秘孔を突く音」論争

アニメ『北斗の拳』のことをフト思い出し、夫に向かって「アタタタタタタタタタタタタタタタタタタタタタ……アター！」「ピーリー、お前はもう死んでいる」とケンシロウのモノマネでちょっかいを出していたところ**「秘孔を突く音**は**ピーリー**じゃない！ **ピーブー**だ！」と、夫が怒り出した。「ピーリーだ！」「いやピーブーだ！」「ピーリー！」「ピーブー！」……くだらない。そして、果てしない……。（結局決着付かず）

イカのワタ争い

楽しみにとっておいた**「イカのたまり漬け」**の**ワタ**の部分を、父が食べてしまった。のみならず**「もっと入ってるかと思って」**と、言い放った。イカ一杯につき、ワタは一本しか入ってないんじゃ！（ささみ）

エビの尻尾争い

となりの家は、三世代家族。ある日の夕食、孫が自分の皿に**「えびフライの尻尾」**を並べて置いていると、おじいちゃんが「要らないならもらうぞ」と、ヒョイとつまんで口の中へ。「あ〜っ！　最後に食べようと思って、とっといたのに！」と、孫激怒。しばらく喧嘩が続いたらしい。**おじいちゃん80歳、孫25歳**……。

（私もえびフライの尻尾好きですが）

タコ焼き争い

大学時代、駅のホームを歩きながら彼氏と大ゲンカし、人々の視線を一身に集めてしまいました。彼「なんでそのときすぐにほしいって言わなかったんだよ！　俺は、来た道を戻るのが大嫌いなんだよ！」私「うるさい！　もういいって言ってるじゃないの！　もういらない！　また今度でいい！」ケンカの原因は、駅前で売ってた**「タコ焼き」**でした。

食べ過ぎです

ある日の夜11時過ぎ。なんかおなか空いたな〜とダンナが言うので「じゃあ、おもちでも食べる？」ということになりました。おもちが大好きで喜ぶダンナのために、もちをふたつ、焼きはじめる私。「あれ？　2個なの？」「そうだよ。だってもう夜中だし、これで我慢したほうがいいよ」「もっと食べたい」「しょうがないな〜、じゃあ3個ね」首振るダンナは、なんと**10個も食べたい**という。はっ？　10個も……ありえない。こうして夜中に大ゲンカ。最後に旦那は**「もち10個自由に食べれるぐらいは、はたらいてる！」**と怒って寝室に入っていった。

（西田くんの奥さん）

食べ過ぎです2

ダンナは「柿の種」が大好き。晩ごはんを食べたあとにもかかわらず、もっとなんか食べたいというので、買っておいた柿の種6袋入りのうち、2袋をあげた。それもあっという間に完食し「もっと」とねだるが、時間も遅いし、体のことも考えてこのへんにしといたほうが……となだめたが「いや、食べたい」「いや、あげない」「絶対食べたい！」「あげない！」**「柿の種くらい好きに食わせろ！」**と……しまいにはキレて、コンビニに同じものを買いに行き、**6袋ぜんぶ完食。**そのときのキレっぷりは、付き合ってるときから結婚した今まででいちばんすごかった。

（くりりん）

夫の目尻

鏡に映る自分の顔を長いこと見つめながら「俺って、目尻にこんなに皺あったっけ?」と近くにいた妻に訊ねる夫。妻はすかさず**「ここ数年、あなたの顔しげしげと見ていないから分からないわ」**と口走った瞬間**「しまった！」**と思ったのですが、手遅れでした。

（こんぱす）

別れの理由

付き合ってた人と、食べものの話になりました。彼はナスが食えず、アタシはチーズケーキが食えず。お互いに「何でそんなうまいものが食えないんだ!」と大ゲンカ。**それが原因で別れた**けど、いま思えば馬鹿みたいだ……。

（さいちゃ）

何パンツ?

友人と飲み会の席でのこと……。ひとりの友人が僕の穿いていたパンツを指差し一言。友人A「その**カーゴパンツ**いいね」すかさず、僕は反論。「これ、**ミリタリーパンツ**って言うんじゃないの?」すると、他の友人も「違うよ。**アーミーパンツ**だよ」「いやいや、**軍パン**でしょ**?**」結局、これが原因で互いのファッションセンスを罵り合うことになりました。

（BAD SPEED PLAY）

白菜を買え！

大晦日のスーパーマーケット、時間は午後6時。鳴り響く安売りのアナウンス、逃すものかと押し寄せる老若男女、おんぶの背中でゆれる赤ん坊。「これぞ大晦日！」という雰囲気の中、一組の60歳代の夫婦が、何やら言い争っています。「おい、**白菜安いぞ**、白菜を買おう」と夫が言うと「なんでよ、白菜なんて買わないわよ」と妻。**「いいから白菜買えって」**「白菜なんて今日買ってどうするのよ。**いらないわよ」**「漬物にすればいいじゃないか」「これから漬物なんかしないわよ。何言ってるのよ」「俺が漬ける！　**俺が漬けるから白菜を買え！」「あなた白菜なんか漬けたことないじゃない！」**　白菜をめぐって初老の男女がここまで熱くなる……イッツ・オーミソカ・マジック！

（ぶり3切れを400円でゲットした38歳女）

キャベツよ！

駅前のスーパーマーケットで、とあるご夫婦の会話が耳に入りました。「水曜は魚が安い日じゃけん、**刺身買おや」「いかん。あんたのつまみにしかならん」**刺身を却下されただんなさんは、奥さんの後ろからウニの瓶入りを、こっそりカゴに入れた。奥さんはすぐに気づき、ウニは元の棚に戻された。「ちゃんと計画して買いよんやけん、要らんもん入れんといて」「計画なんぞしよらまい。冷蔵庫の中でタマネギが腐っとったでぇ」その反論に、奥さん振り返り、キッと睨み返したので何を言うのかドキドキしていると……。「何を知ったかぶりして、いい加減なことばっかり言いよる。腐っとんは、タマネギじゃのうて、**キャベツよ！」**（きゃっとにっぷ）

この啖呵で、私は奥さんのファンになった。

みそ汁のこと

うちでは、しばしば**みそ汁のこと**でケンカになります。母や他の家族は濃いみそ汁が好きなのですが、私は薄いみそ汁が好きなので「みそ汁くらい薄く作ってもいいじゃない！」「これでも薄く作ってあるのよ！」「もっと薄くしてよ！」「そんなことを言うなら**上澄みをすくいなさい！」**……などと応酬になります。実に不毛です。

（もくもく）

バターのこと

トーストに、お気に入りのバターをこれでもかっと塗るのが大好きな私。彼は、私のコレステロール値を心配して、いつも「塗りすぎなんじゃない？」と言います。ある日とうとうブチっと切れて「タバコ吸うわけでもなし、毎晩お酒飲むわけでもなし、私の不健康な楽しみなんて、こんな些細なことやん！　たかが何グラムかのバターを多く塗るぐらいでうるさいよ！　毎日毎日、母親でもあるまいし！　もう**金輪際、バターのことでとやかく言われたくない！」**と、鼻息も荒く宣言しました。

彼は、私のあまりの勢いにしょぼーんとしながら、「わかった。ごめんね。もう**二度とバターのことは言わないよ……（涙目）」**と。しばらくして、あまりに低次元な会話だと、ふたりで思い出し笑いが止まりませんでした。

（まよまよ）

女の号泣

結婚して三年目。夫と買いものしていて目についた、エンドウ豆のぬいぐるみ。中に豆が三個入ってて、取り出せるというもの。なぜか、そのぬいぐるみがほしくてたまらなくなってしまった私。夫に「このエンドウ豆、かわいいよね」と何回も言うが、ちっとも買ってくれるそぶりがない。帰りの車のなかで、なぜ買ってくれなかったのかと**号泣**。「そんなにほしかったのか」という夫に、**女心がわかってない**と大ゲンカ。車中は険悪ムード。でも、いま思い出すと、エンドウ豆のぬいぐるみ……**いらない。**

（具沢山味噌汁）

女の跳び蹴り

彼も含め、友だちとキャンプへ。酔った彼は、女の子と肩を組み、挙句の果てには「ナントカちゃんは特別だよ～」などと言っている。その瞬間、**彼の背中に跳び蹴り**をくらわしてしまった私……。

（匿名さん）

返事

家での食事のとき、母はいつも余ったおかずを鍋ごと持ってきて、すごい早口で「いる？　いらん？」と聞きます。そして、こちらが返事する前に皿に入れてきます。「いらんのに！　返事する前に入れんでよ！」と文句言うと、母は**「返事が遅いからや。待っとられん！」**この内容で、5回以上ケンカしております。

（関西人もどき）

白あんの恨み

母が「回転やき」を5個買ってきました。黒あん2個と、白あん3個。うちはみな、白あんが好きなのですが、二日酔い治りたての父が白あんを2個食べ、わたしが、白あんを1個食べました。冷蔵庫に買ってきたものを入れ終わった母が、「あっ、白（あん）がない！　誰が白食べたのッ！」と、すごい剣幕で怒りだしたので、**父はこたつの中に隠れました。**わたしも、脱兎のごとく二階の自分の部屋に上がりました。もう父は亡くなったので、懐かしい思い出。回転やきを見ると思い出します。

（匿名さん）

パルム万歳！

パルムというアイスをご存じですか？　とっても美味しい棒つきアイスです。3人きょうだいの我が家。ある日、パルムが我が家にやってきて、その日に1人1本食べました。翌日の夕食どき。3人でごはんを食べながら、私「パルムは1箱何本入りだっけ？」妹「5本じゃない？」弟「じゃあ今日は誰か1人食べれないね」ここで意見が割れた。私と妹は、半分こにしてもいいから、まったく食べられないのは嫌だと主張。対して弟は、食べられないリスクを負っても、食べるなら1本丸ごとがいいと譲らない。そこで、じゃんけんをすることに。弟が勝ったら私と妹が残りの1本を半分こ、弟が負けたら弟はナシで私と妹が1本ずつ。結果、私が勝ち、妹と弟の再戦の結果、弟が勝った。落ち込む妹に、私が半分こを申し出た。そうして、意気揚々と冷凍庫にパルムを取りに行った弟が叫んだ。「パルム、3本残ってるよ！」**なんと、パルムは「6本入り」**でした。

（パルム万歳！　6本入り万歳！　と大喜びで3人とも食べた）

海の家で

海水浴場の近くに住んでいます。先日、わが家の前の道を、夫婦が口論しながら通り過ぎて行きました。「あんた！　**海の家でお金いくら使ってんの！」**「おれの稼いだ金だから関係ねえ！」いったい海の家でいくら使ったのか。

（ゴマ夫）

ＩＤ

おなかが痛くて、お手洗いにこもっているタイミングで母帰宅。「あー誰か先入ってる！　もー！　だれー？」と誰何されたので、「シブリ・バラ子です」と名乗ったところ、大ウケ。「それアドレスにしちゃいなよ。**シブリバラコ@ピーピーオナカ**って！」とゲッラゲラ笑われたので、**本格的に籠城**させていただきました。

（北の庄）

あだ名

主人は、車のサイドブレーキをかけるのをよく忘れます。危ないので、わたしがいつも「サイドかけた？」「サイドかけて！」と車を降りるたびに言っていると、ついに「うるさい！」と。そして、つけられたあだ名は**「サイドばばあ」**……。

（あか）

母の怒り

10年くらい前、朝起きると**母の機嫌が最悪**でした。父と食卓に着き、私が「何怒ってるの？」と聞くと「夢の中で『やめて！』って言ってるのに、お父さんが何回も**カエルを投げてきた！」**そんな夢の話で怒られても……。

（ぱぴ）

約80本

10時の一服前に社長が来て、若い職人さんに「ジュース買ってきて」と1万円を渡しました。20分ぐらい経ったころ、若い職人さんが**カンカンに怒って**戻ってきました。なんと、職人さんの手には**1万円分のジュース**があったそうです。その後、ジュースの重さにブチ切れた職人さんと、呆れる社長とのあいだで、大ゲンカが始まったそうです。

（KURO）

どうしてくれる

大きな病院の受付で、怒っている人がいました。漏れ聞こえてくる話によると、健康診断の検査結果は変わらなかったのに昨年は「**節制**」を言い渡され、今年は「**気にしなくていいよ**」といわれた模様。そして、その診断のバラつきに怒ってるのではなく、**この一年、節制した努力をどうしてくれる**と怒ってるらしい。気持ちはわかるけど……。

（ちる）

仕返し

思うところがあって、早起きして、**朝刊のクロスワードのタテの行**をぜんぶ解いてやりました。**母が毎週楽しみにしてるのを知りながらです。**

（北の庄）

1時間

小学生のとき、弟と同じ部屋だったので**「カーテンを閉める係」**と**「電気を消す係」**を毎日、交代で分担していました。でも、たまに、どちらがどちらかわからなくなり、そういうときは**1時間コースの激しいケンカ**に発展していました。

（i-z）

1時間2

「鉄火巻きは**四角**だ」「いや**丸**でしょ」と**夜中に大声で1時間ケン

カしました。**私43歳、夫46歳……。**

（歳とともに譲れないことがふえる）

詰め寄る理由

とある大学に勤めています。ある日、何気なく「おはようございまーす」と言いながら出勤すると、空気がぴーんと張りつめていました。あたりを見回すと、あまり、風体のよろしからぬ男性が、事務員に向かって声を荒らげています。「なんだとぉ？　分かりかねます、だとぉ？」「ですから、確認してみなくては分からないと申し上げているのです」と対応する事務員。「確認だぁ？　そんなことも分からないのか！　ちょっと見てくりゃいいんだよ」「係の者に確かめませんと」「役所みたいなこと言うんじゃないよ！　たかが私立大学のくせしやがって！」「では、ただいま確認して参りますので」「つべこべ言わないで、一緒に行こうじゃないか。オレは**ウォシュレットが使えるかどうか**聞いてるだけなんだ！」う〜ん……。

（スプーンおばさん）

どうしてそこまで

夫とモノポリーをしていて、どうがんばっても勝てそうになくて、せっかく買い集めた土地の、あと一枚を先に取られたり……などが続いてどんどん機嫌が悪くなり、最後には怒って、**ゲーム盤をベリベリ裂いてしまいました。** あたりまえですが、夫は二度とゲームの類を一緒にしてくれなくなりました。

（やまもん）

どっちでもいいのでは

夫の着ていたTシャツの前と後ろが逆だった。それを「うしろまえ」と言うか、「まえうしろ」と言うかで、胸ぐらをつかんで、いや、正確には**のど元についていたタグをつかんでの口論**となった。

（たかたま）

たしかにそうですが

娘の同級生の男の子（保育園児）とそのママが、ガチャガチャの前で揉めているようす。ペンギンが喋るマスコットがほしかったのに、出てきたのは**全裸のオジサンが前をおさえて走っている**キーホルダー。「ほしいのと違う」とベソをかく息子さん。「何が出てくるか分からないのがガチャガチャでしょ!?」と怒るママさん……。後日、男の子の自転車には、残念なオジサンキーホルダーがぶら下がっておりました。

（最近のガチャガチャは高いのよ）

幸せな風景

私がまだ嫁に行く前、両親が大ゲンカをしていました。ケンカの多い夫婦だったので傍観していると、母が泣きながら「嘘つき！」と父をののしっていて、父が「俺がどんな嘘ついたんだよ！」と応戦していました。すると母が**「私を幸せにしてくれると言ったのに、幸せにしてくれなかった！」**と、のたまいました。もう結婚25年くらいの夫婦が、です。幸せなんじゃん、と逆にほのぼのしたのを思い出しました。

（ちーやん）

幸せな風景2

結婚当初は、**どちらが相手のことを好きか**でケンカをしていました。30代は相手の身体を思いやるあまりケンカになりました。40代は子どもの勉強が出来ない責任は**どちらのDNAが原因か**でケンカをしていました。50代の今、**どちらが惚けているか**でケンカをしています。60代は、**どちらが先に逝くか**でケンカをすることでしょう。

（猫と豚）

今日の大わらい

配達

3才の息子が戦隊ごっこをしているようす。「俺たちはーっ！」俺たち？どこで覚えてきたの、そんな言葉？　「俺たちはーーーっ！」熱いねぇ〜。「俺たちはーーーっ！」……で「俺たちは、どうなるの？」と思っていたら。「俺たちはーーーっ！　**郵便局だーーーっ！」**と。（はらへりこぶた）

配役

うちのダンナサンのある日の寝言。**布団の中でカンフーポーズをとっているの**で「どうしたの？」と聞くと**「香港映画に出るんだ〜！アチョォォォ〜！」**と。「へぇ〜すごいねぇ。で、何の役」**「通りがかりの主婦」**「通りがかりの主婦!?　じゃあ、おしりプリップリッって歩くのね」「そう、プリップリッって歩くの」そう言いつつ、**布団の中でお尻フリフリ**してました……。（匿名さん）

軍配

僕と兄で**「松井とイチロー、どっちがすごい？」**と大論争になりました。決着がつきそうにないので、母親に「おかんはどっちがすごいと思う？」とぶつけてみたところ「お母さんはねー、**マツロー」**どっちやねん！

（鈴木さん）

宅配

去年のことです。「宅配でーす！」の声に玄関を開けると、配達員のお兄さんが元気よく品物を差し出しながら**「呼ばれて、飛び出て、じゃじゃじゃじゃじゃーん！」**とおっしゃいました。あまりにも予想外のできごとに唖然とする私。期待したリアクションが得られず、悲しそうなお兄さん……。あのとき、なんで**「ハクション大魔王さんありがとう！」**と返せなかったのか、悔やまれてならない。

（ままくん）

いやにでかい弁当

専門学生だったころ、今日はいやにでかいな～と思ってお弁当を開けると、**麺と野菜が入ったタッパーとチューブに入った液体**がふたつ。どうやら今日は**冷やし中華らしい……。**液体のひとつは黒っぽかったのでタレと分かったが、もう一方はどう見ても**水。**そして紙切れが一枚、入っており、そこには**「麺を水でほぐしてたべてください」**とマジックで書いてあった。

（水でほぐしてたべた、母親想いの娘）

人一倍大きな弁当

小学5年生の遠足のとき、みんなで、お弁当の見せあいっこをした。ひとりひとり、バラエティに富んだお弁当の発表が続き、最後にいいだしっぺのU君が、**ものすごくもったいぶって、**人一倍大きな弁当箱を開けた。するとそこには……U君が大好物の**焼きいも（のみ）**が、ぎっしりと詰まっていたのだった。

（プリン）

参考までに

次男の服装があまりにだらしがないので「それじゃ女の子にモテないよ」と言うと、長男が弟に一言。「お母さんも**昔、女の子だったんだから、**意見聞いといたほうがいいよ」間違ってないけど……。（今も性別は女）

びわ＋湯葉＝

こないだの、おじいちゃんとおばあちゃんの会話。「今日ね、**びわ**をいただいたのよ」「え？　**湯葉？**」「ちがうわよ、**ビ・バ！**」おかしくて、ふるふる笑ってしまいました。（匿名さん）

こうじ君

うちの会社のこうじ君（自称ＫＤ）はヘンな携帯メールを打ってきます。「今、空港バスから帰りだＹｏ　しかしＫＤはヨイやすいから控え目だＹｏ　そんなときに思い出す、幼少時代のあのセリフ……今でも覚えてるぜ聞いてくれこの唄を……Ｙｏ♪　Ｙｏ♪　Ｙｏ♪　ヨイやすい人は、前に乗ってくださぁい。オヤツは、３００円までですがバナナはオヤツに含まれませーん　チェケラッチョォォ……」これを**バスに酔いながら**必死で打っていたらしいです。

（たもっちゃん）

飯つぶ先生

高校時代、英語の先生は**楕円の顔をした小柄なかた**でした。ついたニックネームは**飯つぶ。**わんぱく高校生たちは、ストーブの前で授業をすれば**「先生、焼き飯になりますよ」**真っ赤になって怒ると「先生、そんなに怒ると**赤飯になりますよ」**……。飯つぶ先生、お元気ですか。

（〇高卒業生みほりん）

相手は犬

お隣で飼っているシーズー犬が、何か悪さをしたらしい。開け放した玄関から、ご主人の小言が聞こえてくる。「こんなことしたらダメだって言ったでしょ!」「ワン!」「何度言ったらわかるの!」「ワン!」**「ワンじゃない!」**ままあ、**相手は犬なんですから……。**

（しまっち）

父の一喝

今年80歳になった父。山道で車を走らせていたときに、単線の踏切を、うっかり一時停車せずに通過。と、そこへ木陰に潜んでいたおまわりさん登場! 憤慨した父は、おまわりさんに向かって一喝。「こげな誰もおらん山道で、**おまえら、追いはぎか!」**「うあ〜、そげん言わんで下さいよ〜」と「追いはぎ」呼ばわりされたおまわりさんは、大弱りしながらもきっちり処理していったそうです。歳をとるのも悪くないなあ、と。

（ベル吉）

ガム

禁煙中の父は、しょっちゅうガムを噛んで、気をまぎらわしています。
先日、なじみの定食屋さんに入り、**ガムを噛んでいることをすっか**

り忘れて定食のみそ汁を飲みはじめ、**「味、変えたでしょ？**　これ、ぜったい変わってるよ〜」と、強く言い張ってしまったそうです。（ちゃ）

英語で言って

友人宅へ電話したとき、おじいちゃんが出ました。「あの、○○と申しますが……」「ああっ⁉　なんだってー？」何度かこの会話を繰り返し、困っていると「あのねえ、**英語で言ってくれる？」**と……。え、英語⁉言われるがまま**「エス、エー……」**とアルファベットで答えているうちに、友人が通りかかり、途中で代わってもらえましたが、用件を忘れそうでした。（たまかあ）

サカイさん

私の姉が先日、電話で名前を聞かれて「さかい」ですと答えました。先方が「どんな字ですか。大阪の阪ですか？」と言うので「えっと〜、**引っ越しのサカイと同じ**です」と答えました。すると先方も**「はい、

分かりました。引っ越しのサカイさんですね」と納得してくれたそうなのですが、引っ越しのサカイは**カタカナ表示**なのです。電話を切ったあと、姉はこのことに気付き、うまく表現出来なかったことを悔やんでいました。姉は**堺**と申します。

（匿名さん）

エヘヘー！

縁日の帰り。隣の酔っ払ったおとうさん、きれいめおかあさん、小さい子ふたりの会話が聞こえてきました。おとうさんが「じゃあ、今日楽しかった人は、**エヘヘー**と言ってくださーい」と言うと、小さい子ふたりが**「エヘヘー！」**と素直に言っていました。エヘヘーってなんなんだー！　おもしろかったです。

（ミコピ）

コラァッ！

朝方、**自分の「コラァッ！」という大声**で目が覚めた。見ると、何ごとかと、ダンナも慌てて飛び起きたよう。かくかくしかじか夢の内容を説明したが「わし、人のコラァて寝言で起きたん、初めてじゃ……」と、大笑いされて、**また寝られた。**

（あおっぱじ）

うーーーんっ！

サービスエリアのトイレに入ったときのこと。個室から小さい子の声が。「おかーさーん！　うんちしていーい？」「いーわよー！」と応えるお母さんの声。**「うーーーんっ！」**と力一杯がんばる子どもに**「しずかにやりなさい！」**と叱るお母さん。その大声のやりとりが、可笑しいやら微笑ましいやら……。

（ぴろ）

去年の分まで

最近、物を無くしたり、約束をすっぽかしたりと、もの忘れのひどい私。年齢のせいかと落ち込む私を友人がなぐさめてくれた。「たいしたことないよ。うちのダンナなんか、スーツを2着作って、取りに行ったら4着あったらしく、なぜかとたずねたら、**去年つくったのを取りにこ**

られてなかったのでと言われたらしいよ」と。元気づけられました。

（ＡＹＡＹＡ）

子どもが泣くほど

風呂場から、息子（11ヶ月）の大きな泣き声が響いてきました。慌ててガラっと戸を開け「どうしたのっ!?」と夫に聞くと**「おならしたら泣いた」**と。どうやら、夫のおならの音が大きく響いて、びっくりしたらしい……。

（美佳）

ヘルメットの上

それは、2月11日のこと。仕事から友人宅へ直行した主人。徹夜マージャンとの連絡があり、私は先に就寝しました。翌朝はやく、スクーターで帰宅。ヘルメットのまま居間へ入ったところ……。窓に映るシルエットがおかしい。ヘルメットに何か**板のようなものが乗っている!?**　それはなんと**カチカチに凍った雑巾！**　駅からうちまで約

2キロの間、まったく気づかなかったとか……。

（すごく起こして欲しかった妻）

どういう計算

「倍、良くなった。ちょうど倍だ」上司の褒め言葉なのだが、何を褒めているかと言うと、**部下の髪型についてだ**。「あとこうなれば、**ちょうど3倍良くなるぞ！」**部下は、基準の分からない目標に**「はい、がんばります！」**と元気に応えていた。

（ふうたん）

丼

大学の先輩が着ていた、表に**「丼」**、裏に**「something on the rice」**と書かれたTシャツが、今でも忘れられません。

（まる）

よ

4年生の甥っ子が、独学で**点字の五十音**を覚えた。久しぶりに会ったとたん、私の顔をじっと見て、鼻の横を指差し「ここによがある」と一言。どうやら、**ホクロの配置が、点字の「よ」になっている**らしい。隣で妹が爆笑していた。

（わぐたろう）

書

家の近くに、小さな書道教室があります。入口の横に、生徒さんが書いたであろう「春」とか「大空」などの書が掲示してあるのですが、なかに**「右折禁止」**という作品が。

（一応書道経験者）

大事なところ

実家の父は筋金入りの中日ファン。当然、毎朝「中日スポーツ」が宅配されます。先日、お盆で帰省すると、新聞がなんだかカラフル。父が**黄色の蛍光ペンで記事をマークしている**のでした。「大事なところはラインを引きながら読むと頭に入る」んだそうです。

（もへー）

祖母の注文

15年ほど前、家族で浅草観光に行ったとき。アイスクリーム屋さんを見つけて、食べようということになったんですが**「あたしゃいらないよっ！」**と祖母。じゃあ、おばあちゃん以外で食べよう、とメニューを見ていると、店の外から**「あたしゃ抹茶だよっ！」**という叫び声……。え!? アイスをいちばんに食べ終えたのは、祖母でした。

（抹茶あいす）

なぜ自分の歳を

子ども連れのお母さんが、電車に乗ってきました。そばにいた年配のおじさんが、**子どものほうを見ながら**「いくつですか？」と尋ねると、お母さんが**「45歳です」**と。「いや、お子さんの年齢ですが……」「……7歳です」

（匿名さん）

最愛の妻を

一昨日、同期の結婚式に出席したときのことです。締めの新郎新婦よりの挨拶で、「本日は自分と、**ツナ・〇〇子**のために……」最愛の妻を、よりによって**シーチキン扱い！**

（あゆた）

それは「M」では

ずっと洋楽一辺倒だったわたし。10年ぐらい歌番組から遠い暮らしをしていて、大学生のとき大ブームだったプリンセス・プリンセスも、ちゃんと聞いたことがありませんでした。後輩から「なんでそんなに知らんのです？」「あの曲ぐらい知ってるでしょ？　ほら、アルファベット一文字の」と言われ、出てきた答えが**「Qやろ」**……あれから20年。アドレスQのページの人にはまだ逢えません。

（血の濃いかあちゃん）

「オペラ」です

6年前、当時82歳だった祖父とオーストラリア・シドニーに行ったときの話。シドニーと言えばオペラハウス、ということで、観光に行きました。中を見学し「大きいねえ、すごいねえ！」と感動していると、祖父が私に「これはいったい何をする建物か？」と聞いてきたので「オペラだよ。オ・ペ・ラ」と、耳が少し遠い祖父に教えました。祖父は、**ステージに向かって丁寧に一礼し、拝んで**いました。**お寺**だと思ったらしいです。

（匿名さん）

悪いのは「色」

数年前のこと、朝から体調が悪く、食事も手をつけずにボンヤリしている私に、母が一言。**「顔が悪いね」**と……。

（うまそうもん）

うどん

友だちと暮らしています。部屋でうたた寝をしていた彼女に「お風呂入り〜」と起こしたところ、私の顔をはっと見て、笑顔で**「うどんやね」**といわれました。たしかに私はうどん大好きだけど……。

（うどん顔の女）

うどん2

歯の治療中だった父が、そば屋に行った。混んでいたので、老夫婦との相席に。夫人の向いの席でうどんをすする父。ちょうど、**上の前歯が一本抜けたまま**なので、どうしても噛み切れなかったらしい。口からうどんが一本出たまま残ってしまう。と、自分の頭部の先端に視線を感じた父は、**口からうどんを垂らしたまま顔をひょいっとあげた。**それを見た夫人はぶっと吹き出し、あわてて口を抑えた努力も空しく、**一粒のそばの破片が父のどんぶりへ……。**ビックリしたのは隣のダンナさん。「何やってるんだお前!?　すみません、すぐに新しいのを……」と、同じうどんをおごってもらったという。

（ミン）

甲子園

インド料理店で食事をしていたら、高級そうなスーツにターバンを巻いてビシッとめかしこんだインド人の男性が、日本人女性を連れて来店。なんとなく、初デートらしきご様子。しばらくすると、そのインド人男性は、店中に聞こえる大きな声で**「甲子園は、オモロイ。甲子園は、めっさオ・モ・ロ・イ！」**と熱く、関西弁で、向かいに座る女性を指差しながら、**念を押すように2度、叫びました。**どん引きする女性。きっと、デートは失敗やったと思います。（リンコ）

濡れ衣

お母さんからメールが届く。「お母さんのベルト、着けてってるでしょ**！**」着けてません。着けてないよとメールを返すと、お母さんからメールが届く。「えー、どこにあるか知らない**？**」知りません。知らないよ、とメールを返して数分後。お母さんからメールが届く。**「あ**

れれ〜、お母さんの腰に何かある」母のベルトは、まぎれもなく母の腰にありました。

（おかあさん大好き）

無用の長物

友人が、私鉄の家族割引切符を持っていました。聞けば、お父さんが車掌さんだとのこと。うらやましくて、電線を作る会社に勤める父に「ねぇ、うちも家族割引みたいなのないの？」と聞くと「そうやなぁ、プレステの……」えっ、プレステ!? **「プレステのコントローラーのコードが、キロメートル単位で安く買える**かもなぁ」本体じゃないのかよ！　そんなに離れたら**画面が見えないよ！**

（匿名さん）

謎の髪型

前から歩いてくるおじさんの髪型がなんか変だったので、すれ違うとき、よーく見たら**自毛でちょんまげ**でした。でも、後ろから見ると**ふつうの髪型**でした。ナゼ？

（ｍｉ）

プーさん

大学生のとき、アルバイト先で、**くまのプーさんのビーチボール**をいただきました。同い歳の恋人に「こんなんもらってーん！」と嬉々としてみせたら**「有名な熊だね」**と、真顔で言われました。**アニメ系に弱い彼です。**

（匿名希望）

インナー

4時くらいにお使いで会社の外に出た。前方から50代の女性、**花柄のスーツ**を着ていた。すれ違う寸前、風が吹いて、上着の前が開いた。白いTシャツの左胸に黒々と筆文字で**焼肉音頭**と書いてあった。白昼夢かと思った。

（匿名さん）

ケット

叔母たちが、初めての海外旅行。飛行機に乗ると、すごく寒かったそうで……。毛布がほしくても、英語がわからない。「毛布、なんていうのかな」「なんだろ」「ほら、タオルケットって毛布の仲間じゃないのかい？」みんな大いに納得し、自信満々に**「ケット、プリ～ズ！」**通じなかったのは、言うまでもありません。（しょう）

ヨガ？

父が、昼寝してました。一度目に通りがかったときは、ふつうのかっこうで寝ていたのに、二度目に通りかかったら、**あぐらをかいたまま後ろに倒れたような格好**になっていました。謎です。（ふいづ）

天然ボケのI次長

天然ボケで有名なI次長。データの出力を依頼したあと、腰に手を当て、**シュレッダーの差込口**をじっと見て、立ち尽くしている。そして一言**「時間かかるねぇ」**と。見かねたNさんが「あの～、そこからは一生出てこないと思います……」（ミルキーウェイ）

真面目なI次長

研究家タイプで真面目なI次長の、ある朝の話。混みあった通勤電車で座席にかけていると、前に立つOLに、おずおずとした様子で**「あの～、頭に何かついてますけど……」**と言われたそう。触ってみると、頭に**見慣れた櫛**が……。朝、髪型を整えているとき家族から話しかけられ、そのまま櫛から手を離し、何やかや用事を済ませて、**頭に櫛をつけたまま家を出てきたら**しい。頭に櫛をつけたまま道路を歩き、駅の改札を通り、電車に乗ったのだ。日頃からひとつのことに熱中すると、他はすべてお留守になるI次長らしいエピソードだ。

（チロル）

弟のアドバイス

昨年の夏、父・弟・私の3人で打ち上げ花火を観賞していたときのこと。突然、父がクンクンとあたりのにおいを嗅ぎ始め「お～、ここまで火薬の匂いがするな～」と、うれしそう。父さん、あなたが思いっきり

吸い込んでいるそれは、**隣で放たれた弟の屁の匂い……。**気づか

ずにまだクンクンしている父に、弟が**「あんまり吸い込まないほうがいいよ」**と微妙な表情でアドバイスしていました。（母、大爆笑）

弟のすてゼリフ

テスト前なのにゲームばかりしている弟を「勉強しなくていいの〜？」と、からかった。怒った弟は「うるさい！」「勉強しろって言われると、やる気がなくなるんだよ！」「家出してやる！」などさんざん悪態をついたあと、最後に、同じような勢いで**「姉ちゃんが欲しがってたTシャツ、小さくて着れないからあげる！」**と言い放ち、部屋を飛び出していった。（かき）

シャッターが降りてくる

スーパーへ行ったときのこと。そのお店にはATMがあるのを思い出し、通帳記入をしていると……ガンッと**頭に何かがぶつかった。**びっくりして上を見ると、**シャッターが降りてきている。**閉店までにはまだ時間があるのに！　キャー！　急いでそこをどいたのですが、通帳がまだ出てきていない。今ならまだシャッターをくぐって中に戻れる！　でも、シャッターが閉まっちゃったら出られない！　……と平静を装いながらも焦っていると、シャッターが止まり、無事通帳も取り出せました。あれは一体……。

（ぱぴ）

わたしは降りません

先日、地下鉄を降りようとしたら**「すいません、すいません」**と、誰かを呼び止めようとする、若い女性の声が。その声を気にしながらも、流れのまま押し出され、昇りのエスカレーターにたどり着こうというとき。強い力で引っ張られました。後ろを振り向くと、**若い女性の傘の柄**がぼくの**鞄**に引っかかっていました。とっさに立ち止まると、柄は簡単にはずれました。僕は何かの縁を感じつつも、彼女は**「わたしは降りませんから……」**という言葉を残し、足早に車両へと戻っていきました。

（彼女いない歴5年）

中尾彬が降りてくる

我が家は一軒家なのですが、その夢ではなぜか、よくアパートにあるような外階段、登るとカンカンカンと音がするような階段がついていました。その階段を途中まで登っていくと、上からまるで**刑事コロンボ**のようなコートを羽織った、**一目でそれとわかるような刑事さん**が降りてきました。**中尾彬さんでした。**その刑事さんが、ドラマのように「私、こういうものですが……」と、**ひじょうにもったいぶって**コートの内ポケットから出したものは、警察手帳ではなく**「中尾彬」と彫ってある表札でした。**

（かようらん）

今日の食べすぎ

かつおぶし

昨夜、おなかがすいて眠れなかった。台所に目ぼしいものが見当たらず、**かつおぶし**を削って**満腹になるまで食べました。**

（乾物好き）

リンゴ

我が家の肥満夫。リンゴダイエットをするといい始め、**ご飯を2杯食べたあと**にデザート感覚で**リンゴを2個ペロリ。**翌日、ダイエットには食前にリンゴを食べるということに気づき、**2個のリンゴ**を平らげたあと、**ご飯を2杯ペロリ。**どこか間違っていると思うんですけど……。

（ラッキーみほりん）

担々麺＋カレー

友だちから教わった、おいしい担々麺の店。たまたま、お昼前に外まわりで近くを通り、早速トラーイ。本当に今まで食べたなかでいちばんおいしくて、スープまで舐めるようにいただいたあと、その日は**お弁当を持ってきていた**ことに気付きました。お腹を空かせるべく、**会社まで地下鉄2駅を歩いて戻り、**タッパーいっぱいのカレーをむりやり食べました。

（何よりも、食べきった自分がすごいと思う）

落花生

節分のまえにお不動さんの縁日で買った、大好物の殻つき落花生。コンビニの中サイズのビニール袋に、山盛りで一袋くらいありました。個数を決めないと、ついつい止まらなくなってしまうので、毎日、年の数だけと決めて食べてるけど、殻の中に2個入りも1つと換算して……。**毎日が還暦越え。**

（三十一歳）

とんかつ＋フランスパン

20時を過ぎて、とんかつ定食をたらふく食べて「苦しい～動けない～」とうめきながら帰宅。夜中にネットを見ながら、**気づいたらフラン**

スパンをかじり始めていた。さらに気づいたら、**フランスパンが消え、カスだけが飛び散っていた。**あまりの出来事に驚いて、とんかつ定食で一緒にうめいていた友人にメールを送ったら「気持ち悪いからそんな話やめて……」と言われてしまった。何があったんだろう、私？

（がちゃぴん）

たい焼き

大好きな**たい焼きを5つ**買って帰宅しました。ダンナにふたつ、私にふたつ、娘にひとつ。帰宅後、昼寝をしている娘を見ながらひとつ。晩ごはんの用意をしながらひとつ。ネットをしながらひとつ。この間、わずか1時間。晩ごはんは普通に食べて、食後にひとつ。夜食にひとつ。気付けば、**私以外の家族は口にしていませんでした。**

（おみち）

干し芋

最近はまっているのが「干し芋」です。ちょっと固めで食べるのに時間がかかるけど、身体に良さそうだし、自然志向っぽいので気に入っている。この前、大安売りをしていたので、買い占めたら止まらなくなって**一晩でふた袋**食べてしまった。芋のまわりに付いている白い粉で、口の周りがまっしろだったらしく、母に**化け物扱い**された。

（がちゃぴん）

白飯6杯

親戚からお米をもらった。近くの農協に精米しに行き、さっそく、炊いたごはんをどんぶり1杯、食べてみた。あまりに美味しくて**「のりたま」であと5杯**食べた。

（匿名さん）

白飯8合

私が5歳で、妹が3歳になったばかりのころ。近所のてっちゃんちで、初めて**ドラえもんふりかけ**を見た。ドラえもんの頭からふりかけが出てくるのが面白く、てっちゃんがうまいと言うので、さっそくみんなで食べた。気づけばジャーが空っぽ。5歳児2人と3歳児で**8合のご飯**

を食べてしまっていた。

（母が一升返した）

杏仁豆腐

杏仁豆腐が大好きな私に、知り合いがおいしい杏仁豆腐の素があるよと教えてくれました。さっそく購入して作りました。5人分はあるとの説明書きでしたが、あまりのおいしさに無我夢中で食べてしまい……気がついたときにはほとんどなくなっていました。その一時間半後、**胃の痙攣**により**救急車で運ばれました。**それでも**杏仁豆腐を嫌いになっていない自分**を「ホンモノ」だと自負しています。

（ｓａｂｉｎｅ）

ロールケーキ

苺のロールケーキを1本買いました。家に着いて、中に入れてくれた保冷剤が溶けるより早く1本、食べてしまいました。昨晩テレビを見ていたら**石塚英彦さんが同じことをしていました。**（レベル石塚）

わんこそば

わたしたち夫婦のわんこそば記録は**夫150杯、妻130杯**です。多いですか？

（ぱおこ）

みかん

うちの母親は、子どものころ「みかんが大好きなのに、兄弟が多いため、自分が食べたいだけみかんをもらえないのが不満」で、**ある年のお年玉をすべてつぎ込んで、みかんをダンボール箱1箱買い込み、ひとりでぜんぶ食べた**そうです。その結果、手のひらが真っ黄色になってしばらく消えなかったと、自分の食い意地を自慢（？）します。いま母は、**すでに一生分を食べ終わった**と言って、みかんはまったく口にしません。

（そこそこ）

夏みかん

会社の先輩（女性）は**大きい夏みかん**を**食後に4つ**食べ、「数が縁起悪い」と**もう1個**食べました。

（文句の多い後輩）

柑橘類

木曜日、**いよかんを5個**買った。金曜日、会社でおすそわけしてもらった**たんかん8個**を持ち帰り。土曜日、実家から**デコポン15個**が送られてきた。火曜日、生協から注文していた**デコポンが6個**届く。我が家は3人家族、こどもは3歳。朝昼晩、朝昼晩とみかんを食べ続け、そろそろつらい。

（にゃるこ）

食パン

結婚式のとき、新婦が両親に手紙を読むシーンがよくありますよね。うちの母は、そのあとに自分も手紙を読みたいと言いました。内容はあえて聞かず、当日。私の感動的な手紙のあと、母が読んだ手紙には、こんな一節が。「高校生のときの食欲には驚かされました。家に帰るなり、**食パンを一斤食べ、**そのあとふつうに晩ごはんを食べていました」なぜ結婚式に、そんなことを暴露する必要がある⁉

（匿名さん）

甘栗

スーパーでたまたま見かけた、甘栗。無性に食べたくなって、1袋買いました。一人暮らしの部屋で、黙々と甘栗をむいている私……。「どうみても淋しい女じゃないか！」と思っていたのもつかの間、どんどん袋の甘栗は少なくなって、代わりに殻が山になっていきました。**結局、1袋完食。**気がつくと足がしびれて、立ち上がれません。そういえば、彼に「今日のスイーツは甘栗！」とメールしてから、**1時間半が経過**していました。1時間半ものあいだ、ずっと甘栗を食べ続けていた私……。

（まゆ）

白飯11杯

小学6年生のとき、大好物の明太子をお茶漬けにしたら美味しくて止まらなくなり、**おかわりを10回、合計11杯**もののご飯を食べました。**もうやめてと母に懇願されて我に返りました。**

（トクメイキボー）

プリン

ある朝、コンビニで480グラム入りの特大プリンを買いました。お昼に、職場でそのプリンを食べていたら、差し入れでプリンを10個いただき、半分（95グラム×5個）を食べました。**1日でプリン約1キロ……。**

（みみ）

メガ牛丼＋メガ牛丼

友だちと行った「すき家」で**メガ牛丼を一人でふたつ**食べた。自分から言い出したこととはいえ、この一食だけで**2000kcal**

オーバー……。

（ポテこ）

パイ各種

おいしい紅玉リンゴをもらったので「よし、アップルパイを作ろう！」と仕込みをしていた真っ最中。ダンナに「いつもアップルパイばっかりだよねぇ、他に何かできないの？」と言われ、カチンときた私。そのままスーパーへ買い出しに行き、冷凍のパイシートを山のように買い込む。結局、怒涛の勢いでパイを焼き、出来上がったものは……。**アップルパイ**が2ホール、**ブルーベリー&ラズベリーパイ**が2ホール、白ワインで煮込んだ**ラ・フランスパイ**が2ホール、とどめは、晩ごはんに**巨大な照り焼きチキンパイ。**家族3人、無言でさくさくさくさく……と完食いたしました。

（Juno）

サーモン各種

回転寿司に行きました。娘ふたりが取るものは、サーモンのカルパッチョ

風、焼サーモン、とろサーモン、サーモンたたき巻き……。あなたがた、前世は**熊**ですか？（たまきち）

イカ各種

回転寿司でサーモンばかり食べる**「熊」の姉妹**の母親です。先日は、私の父親もいっしょに回転寿司に行きました。モンゴウイカ、ヤリイカ、スルメイカ。取るわ取るわ、**イカばかり……。**（たまきち）

おつまみするめ

仕事帰りに買った「おつまみするめ」お徳用パック。買うたび必ず2時間で完食してしまいます。買うのは月に2度まで。なぜなら毎日食べてたら、右頬と左頬のシルエットが、如実に**アシンメトリー**になり始めたので。でも今日も一袋完食。**全身イカくさい。ため息すら。**（慄子）

チョコボール

銀のエンゼルが4枚もたて続けに当たってしまい、あと1枚のために**もう何箱もチョコボール**を食べ続けています。（キョロロ）

フルコース＋朝食

久々に会った友人との夕食。「とりあえず肉、食べない？」と待ち合わせをし、1軒目で**ビール**と**ステーキ。**繁華街から少し離れたお店だったので、ほろ酔い気分で繁華街まで徒歩15分。「……消化されちゃった……よね？」という確認のあと、2軒目で**焼肉（ホルモン）**と**レバ刺し**と**ビール。**食べながら、実は途中のトンコツラーメン屋にお互い内心クギヅケだったことが判明。「……まず、甘いものでロ直しする？」ってことで3軒目、**カクテル**と**ポテトフライ大盛り。**「最後、なんかもうちょっと……**麺！**」と街中を徘徊し、**盛岡冷麺**と**シャーベット。**「今日はフルコースだったねー♪」と、満足のまま解散。

帰り道、コンビニに立ち寄り、明日の「朝ごはん」用として**納豆巻と冷やし中華。**そして今朝、起きてみると**「朝ご飯」がなくなっていた……。**ホラーのような私の胃袋……。（匿名さん）

かぼちゃの煮つけ

このあいだ、ものすごくシンプルな「かぼちゃの煮つけ」の作りかたをテレビでやっていた。実家からもらったかぼちゃ1個、テレビのとおりに作ったら、あまりのうまさに鍋いっぱいに作ったのを、すぐに、半分ちかく食べてしまった。**冷めてからがおいしいって言っていたのに……。**（我慢できない）

板海苔一袋

おやつを我慢したかったので、代わりに板海苔（味のついてない）を食べたのですが、**1回で1袋食べ切ってしまいました。**（大判10枚入り）

飲むように

焼いていないバターロール5個。焼いていない超熟の**コッペパンを6個。**おやつに**みかんを4個。**「カレー曜日」の「辛口」をかけた**1.5合のお米。パウンドケーキひと口。**昨晩、これらぜんぶを飲むようにいただいてしまった……。エマージェンシーです。（MOYO）

食パン一斤

昔、アルバイトで来てた女の子は、毎朝**「食パンを一斤」**食べていたそうな。食べるのが大変なので、**ぎゅーって潰して薄くしてから食べる**そうです。（めんち）

常にセーフ

夫と夜ご飯を食べたあと、**ラーメン**やら**カップ焼きそば**やら**焼きイカ**やらを夜食に食べたいね、という話によくなり、そんなときは、まず時計を見る。そして「22時前、セーフ！　まだ早いしいいよねっ。食べよ」と言いながら食べる。ただし「23時前、セーフ！」「0時前、セーフ！」「1時前、セーフ！」と、**結局、何時でもだいたい食べている。**

（メタボ要注意）

カレー三昧

とくに好きなわけではないのですが、**10日間でカレーを5回も食べました。**うち2回は「おいしいカレーを食べに行こう！」とのお誘いで、別の2回は入ったお店のオススメが「カレー」でした。最後は、バイキングで「食べ放題カレー」が付いていて、なぜだか「食べるしかない」気がして自ら大盛りに。そして先ほど友人から電話が。「久しぶり！　**知り合いがカレー屋さんを始めたから行こうよ」**

（こうなったらどこまで続くか楽しみ）

ウズラの卵を65玉

しゃぶしゃぶ食べ放題のお店へ行きました。お肉や野菜だけでなく、サイドメニューも充実していて、なかでも1人前あたり5玉ついてくる「ウズラのたまご」があまりにも美味しくて、次から次へとオーダーしていました。気がついたら、**13人前65玉を完食！** 忙しい中、なんとか時間をやり繰りして再会した私たち、会ったときよりさらに疲労が増した表情でお開きとなりました。しばらくウズラちゃんは見たくありません。

（インコ部長P）

とりあえず焼き肉7人前

友だちと女二人ではじめて入った小さな焼き肉屋。食べ放題はなくお皿で注文。友だちが次々と鮮やかに注文していきます。「それから……」と言ったところで、注文を受けていた店員さんが、小さな声で「あの……もう**7人前**になりますが」友だちは「あ、そうですか。ではそこまでで、とりあえず」

（女子プロ軍団）

朦朧としながら

風邪をひいて昼過ぎに仕事を早退。その日のお昼ごはんになるはずだった自作弁当をお持ち帰り。夜になって、熱は39度以上に。でも、あの弁当を食べなければ腐ると思い、朦朧としながら弁当を食らう。この弁当、貧相だが**量は普通の女子の1.5倍**はある。なぜかその弁当で調子が出てしまい、仏壇に晩ごはんとしてお供えしてあった**タコ焼き**も完食。さらに**ヨーグルト**まで……。熱のしんどさに食べ過ぎた苦しさもプラスされ、とんでもなくしんどい夜になった。

（でもそのおかげ？　で風邪は早く治った）

完食

職場の人に傘を貸したら、お礼にポテトチップスをもらいました。でも大袋だから一緒に食べましょうよ、半分だけいただいて残りをおやつ置き場に置いておきますからと伝えて、私から休憩に入ったのですが、テレビを見ながらポリポリ食べていたら、**いつのまにか全部なくなっていました。**あなたにあげたんだからいいのよと、笑っていただきましたけれども……。

（はと）

餃子

我が家は3人家族。ダンナ、私、4歳の息子。なのに我が家の餃子は1回につき、**約100個。**包むのに家族総動員で1時間、食べるのに**30分。**……絶対おかしい。

（きなこ）

宇都宮ギョーザ

宇都宮ギョーザの**24個入り**をスーパーで購入しました。と〜っても美味しかったです。食事が終わり、中学生の娘が言いました。「わたし、**1個**しか食べてない」すると、主人が言いました。「オレは**3個**しか食べてない」え、わたしが**20個**食べたの!?

（カレーもぺろり）

チーズケーキと餃子とエビチリ

会社終わりに、焼きたてが美味しいスフレチーズケーキを買った。あまりにもお腹が空いていたので**家までの帰り道を歩きながら、**焼きたてほわほわの18センチのホールケーキにかぶりつく。**3分の2以上食べたところで味に飽きて箱にしまう。**家まであと少しのところで、王将の中華が食べたくなり、**餃子とエビチリ**をテイクアウト。家でごはんをチンしてペロリと平らげてしまった。さすがに胸焼け……。

（ちゃま、おデブまでの道）

メロンパンとラーメンとソフトクリームと……

大好きな**メロンパン**を**ふたつ、一気食い**しました。すると、しょっぱいものが食べたくなって**醤油ラーメン**を食べました。するとまた、甘いものが食べたくなり、チョコとバニラのミックス味の**ソフトクリーム**を食べたら……。やっぱりしょっぱいものが食べたくなり、**おいなりさ**

んを**6個**平らげてしまいました。さいごに**ポンジュース**がむしょうに飲みたくなり、グビッと……。
（文）

おかきと唐揚げとはも天と……

いま、両親と奈良から新潟への道のりを車で帰っており、携帯電話から投稿いたします。朝、車に乗った時点で**おかき**と**きゅうり漬け**が配給されました。最初のパーキングエリアで**ミルクティー**。次は、ふつうに**お昼ごはん**。次は、**唐揚げ**と**はも天**と**かき氷**。次は**アイスクリーム**。次は**磯焼き**。そして今、**お団子を食べている母**から、また**おかき**を手渡されました。**「家に着いたら何食べたい？」**と聞かれながら……。
（明日はお寿司）

海藻類

お茶のおともに**「茎わかめ」**を食べようかなと手を伸ばしたとき、**ハッとした。**その日のお昼ご飯は**めかぶとろろ**に**昆布のつくだ煮**、さらに**とろろ昆布のお吸い物**を飲んでいたのだった。同時に2、3日前の記憶が蘇ってきた。その日のお昼ご飯も、**わかめの混ぜご飯**だというのに**わかめスープ**を飲んでしまい、食後のお茶を飲みながら**酢こんぶ**を食べた。それをすっかり忘れた数時間後、**こんぶ茶**を飲もうとして、ハッとしたのだった。ちなみに私は海がない県に住んでいます。

（海藻ラブ）

ホームランバー

大学1年の夏休みのことです。「ホームランバーって、どれくらいの確率で当たりが出るんだろう」という疑問がわき、友人ふたりを誘い、コンビニの**ホームランバー36本を買い占めて**調査をしてみました。親に「夕飯が食べられなくなるじゃない」と怒られつつも、ひとり12本を2時間ほどで食べきりました。食べきってまもなく、私たち3人は、夕飯の**焼肉**をぺろりとたいらげ、ホームランバーを食べきったごほうびに**ハーゲンダッツ**をいただきました。ちなみに**当たりは4本**でした。

（確率1/9）

寿司

20年くらい前、銀座に「K」というお寿司屋さんがありました。ネタは新鮮だし、おいしくて、ウニでもトロでも100円、夕方早く行かないと長蛇の列、という人気店でした。ただし、その店では長居厳禁、注文は最初に一回のみで追加なし、食べ終わると変わりもんの親父さんに**「さっさと帰ってくれ」**と言われるのです。当時、銀座徒歩圏に勤めていた私は、友人たちと張り切ってその店に出かけました。女6人欲張って、あれもこれもと注文し、大量に運ばれてきたお寿司を、わいわい言いながらいつのまにか平らげました。すると、変わりもんの親父さんが言いました。「お嬢さんたち、ちょっとお茶でも飲んで行きなよ。**そんだけ食べたんだ、一息入れな」**客を追い出すので有名な親父さんにそんなことを言われ、**店中の視線が一斉に私たちに……。**恥ずかしくなって逃げ出しましたが、満腹のため、銀

座の街をそっくり返って歩く羽目になりました。　　（更に恥ずかしい）

母の思い

平日の夜、会社の人から飲みに誘われた。私は実家通いで夕食は母が用意してくれているため、この時間だったらもう晩ごはんつくってあるよなぁ……と思いつつも、ノリで「行く行く！」と言ってしまった。「ごめん、外に食べに行くことになった」と母にメールをしたら「気をつけてね」との返事。その日、注文したものは刺し盛、たこわさ、季節の天ぷら、特製じゃこご飯、海鮮あんかけチャーハン、白魚の酢のもの、明太だし巻き、エビマヨ炒め、炭火焼き串盛り合わせ、ゆずシャーベット……。大満足の腹を抱え、酔っぱらって深夜ごろ帰宅したら、食卓にラップのかかった**味噌汁**と**筑前煮**、そして**わかめごはんのおにぎり**がふたつ、置かれていた。とたんになんだか胸がぎゅーっと締め付けられて、お腹は一杯だったけどぜんぶ食べて寝た。

（不肖の娘）

今日の落としもの

通勤途中に

通勤途中、**鮭の切り身**と**レモンの輪切り**が並んで落ちていました。鮭だけならまだしも、**つけあわせまで……。**

（ムニエル）

歩道の脇に

先日、居酒屋さんで友だちと楽しく飲んだあと、歩道の脇に**お寿司**が並んでいました。マグロやアジなどが5～6個でしょうか。じかに、地面に、どんどどん、と。「お？」と思いつつ、友だちとしばらく話しこんでしまったのですが、ふと目をやると……**お寿司が減ってる！** 残っていたのは、アジなどの**ヒカリものが2個。**

（ぽぽ子）

大阪の歩道に

駅から職場まで、徒歩15分。歩道の隅に**お好み焼き用のコテ**が……。ここは大阪です。

（K）

パリのボンネットに

ここはパリの町中、高級一等地。きれいな建物が一杯で、朝の散歩が大好きな私ですが、路上駐車していた**車のボンネットの上**に、**トグロをまいた落としものが……。**犬？　人間？　どうやってあんな不安定な場所に……。

（三歩先には見知らぬ人生）

駅に海苔

混みあう朝の地下鉄駅構内に、1枚の**味付け海苔**が落ちていました。

（aqua）

駅に海苔2

今日、改札を出ると**朝食海苔**が落ちていました。転々と二枚、バラで。

（stk）

電車に海苔

電車に揺られていると、前に座っていた人が、私の足もとをチラチラ。**海苔**が靴の裏にくっついていました。誰だろう……海苔落としたの。

（C.）

駅に海苔巻き

先日、駅の階段を降りていたら、**海苔巻き**が落ちていました。

（匿名さん）

座席の下に

電車の座席の下のスペースに、**スイカ**が転がっていました。

（しのあしのん）

座席の下に2

バスの座席シートの下に、パック入りの**厚揚げ豆腐**が落ちていた。
（匿名さん）

車の屋根に

先日、会社に**野良ニワトリ**が迷い込んできました。雨の中、庭でうるさく鳴いていましたが、帰るころには、どこかに行ってしまいました。仕事を終え、駐車場から車を出し1キロほど走ったあたりで、中学生とすれ違いました。なぜかみんな私の車の屋根をジロジロ見ています。もしやと思い車を止めると、車の屋根の上には**野良ニワトリが乗っていました。**ニワトリは、その場で降りていきましたが、あれは私の落しものになるのかしら？

（ぷにゅ2）

車の屋根に2

私の高校入学を祝って、お寿司を買ってきた母が「あ〜っ！　**車の屋根に乗せたまま**だった！」母は「そのへんに、お寿司が落ちていませんでしたでしょうか……」と、近所の駐在さんに電話を入れていました。

（わさび）

無防備な頭に

インテリア専門学校に通っていたときのこと。急いでいたため、道具一式を、大きな袋に投げ込んで家を出ました。電車に駆け込み、その袋を網棚に載せました。電車が動き出して間もなく、事件は起きました。電車の揺れで、袋からハサミが飛び出し、真下の座席でウトウトしていたおじさんの頭へ……**コツン！**　ヤベっ！　頭に当たったのは**ハサミの尖端**です。しかもおじさんは**ハゲている……無防備**です。まずい！と思いましたが、おじさんは無傷。患部をしきりに撫でています。尖端の丸いハサミだったのが、不幸中の幸いでしたが、今、思い出してもヒヤッとします。**万が一刺さっていたら、投稿どころではないので。**

（ぺとこ）

カツラ

兄が2、3歳のころの話。祖父の家で駆け回っていて、タンスにぶつかり、上に乗っていた箱が落ちてきて、中身が転がり出た。それは……祖父の**替えのカツラ！**　兄は**「おじいちゃんの頭が落ちてきた！」**と叫んだという……。（まだ生まれてなかった妹）

カツラ2

山の中腹にある、小さな喫茶店のおばさんから聞いた話です。ある日、おばさんは**秘密の野イチゴが取れる山**に行きました。野イチゴを取りながら藪を抜けると……**人の頭が！**「まさか、こんなところで自殺!?」と、腰を抜かし、叫び声を上げると、それは人の**カツラだった**というのです。ほっとしたのと、秘密の場所を他の誰かに知られていたのとで、とても複雑な気持ちになったそうです。でも、イチゴを取りにきて、カツラを置いてくる人って……？

（イチゴの場所はやっぱり教えてくれない）

カツラ3

めずらしく大雪が降った日の朝。**足を滑らせた跡のそばに、男性用のカツラ**が落ちていました。

（悩み無用）

入れ歯

夕暮れどき。公園の奥の薄暗い林のなかに落ちてたもの、それは……。**上下そろった総入れ歯。**ざわめく木々とよくマッチングしていて、恐怖のあまり叫びながらUターンダッシュしました。懐かしき小学校時代の思い出。

（ハルこ）

入れ歯2

スーパーマーケットでカゴを手に取ると、なかにコロンと転がる物体が。**入れ歯**でした。ナゼこんな所にあるの？　サービスカウンターへ届けました。

（匿名さん）

入れ歯3

子どものころ、友だちがお財布を拾って交番に届けた話を聞くたび、羨ましく思っていました。お礼目当てとかそんなんじゃなく、何か大事なものを拾ってみたい、そんな思いだったと思います。そんなある日、学校の帰り道に「がま口財布」が落ちていたんです。「あ！　とうとう……」と思いながらそぉっと開けてみると、中には、**入れ歯がひとつ……。**

（東大阪の子どもでした。）

ハイヒール

東京メトロの本郷三丁目駅の券売機前で見たものは、**ゴールドのハイヒールが片方だけ。**きゅっと引き締まった、ピンヒール。倒れもせず、毅然と片方だけ。シンデレラはどこへ？

（カボチャ王子）

レンズ

車での通勤途中、日差しが強いのでサングラスをかけた。そのとたん、片方の目だけ真っ暗……右目だけ失明!? 「落ち着け、落ち着け」と自分に言い聞かせる。ようやくサングラスをかけたことを思い出し、はずすと、**左目だけレンズが外れていた。**

（茉莉花　まま）

ピース

黒い毛糸の手袋片方、**ピースの形**で落ちていました。**かっこいい最期**だと思いました。

（匿名さん）

コーヒー

カナダにオーロラを見に行ったときの話です。朝、出かけるとき、道端に**「カップに入ったコーヒー」**が置いてありました。夕方、帰ってきたとき、そこには、車にひかれてバラバラになったカップと**「カッ**

プの型のまま凍ったブラックコーヒー」がコロンと落ちていました。

（R）

マッチ

就職の合同面談会で好感触を得た企業から「見学を兼ねて面接にいらしてください」と言われました。が、**出向いたその場で不採用**を宣告されました。帰宅し、頭に血が上っていた私は、ストーブを蹴り上げました。すると、隙間から**小さいマッチ箱**が出てきました。**今はそれで点火**しています。

（とろろ）

ジャー

田んぼのあぜ道に炊飯器が落ちてました。ぽつんと置いてありました。

（匿名さん）

エドリック？

以前、道路に**「EDRIC」**というプレートが落ちていた。しばらく悩んだが、あれは**「CEDRIC」**のプレートで「C」の部分だけが無くなったんだと気付いた。正体がわかり、かなりすっきりしたのを覚えている。

（イッサンエドリック）

愛は永遠

わたしの結婚指輪は、ロマンティックにも、新婚旅行で訪れた**氷河のなか**に眠っています。

（なかだん）

魚介

会社の上司は、道で**冷凍マグロ**を拾ったことがあるそうです。「それ、どうしたんですか？」と聞いたところ**「おいしくいただいた」**とのこと。魚屋さんごめんなさい。上司に代わり、お詫びします。

（私にはその勇気はない）

魚介2

朝、仕事に行く途中、**道路に穴子**が落ちていました。ついさっきまで生きていたと思われる、ぴかぴかした穴子。残念ながら通勤途中なので拾えませんでしたが、帰りなら**間違いなく拾った**と思います。

（白焼きをわさびで）

魚介3

ある島の民宿へ泊まりに行ったときのこと。海岸で遊んでいると、トンビが何かをつかんで飛んでいる。何やら魚のようだったので「落っとっせー！　落っとっせー！」と叫んだら、ほんとに落として飛んでいった。拾いに行ったら、なんと**立派な鯛**でした。

（にたえもん）

魚介4

今でも気になっている落としもの。それは、10年以上前、実家の近くの道路の真ん中に落ちていた**金目鯛一匹・尾頭付き**です。その後、あれ以上インパクトのある落としものには、出会っていません。

（さるかっぱ）

魚介5

通勤途中、前方に**メタリックな角錐形のもの**が落ちていました。自転車で横を通り過ぎる際、なんとなく見やると、それは銀色に輝く**まぐろのかしら**でした。

（匿名さん）

サバ

車で通勤の途中、進行方向に何か**長いもの**がいくつも落ちている。「?」と思いつつ車を進めると、なんとそれはカチンコチンに冷凍された**サバ**でした!

（あやこ）

サバ2

カラスの仕業で、我が家の屋上には、ときどき、ありえないものが落ちています。一口分のご飯、肉の脂身、干からびたカエル……。そのたびに、ギョッとして片付けるのですが、今日のは、たまげました。**半身のサバ。**

（シナままん）

サバ？

土砂降りの雨がやんだあと、道路脇に**サバ**が！　近寄ってみるとそれは、サバではなく、なんと高級魚の**ふぐ！**「えっ!?　ふぐ!?」信じられず、さらに注意深く見ると、じつは仰向けで死んでいた**ウシガエル**でした……。

（匿名さん）

スッポリ

雪国に住む妹。自転車に乗っていると、道路の真ん中に白い塊があったので「あ、雪」と思ったのはほんの一瞬。なぜなら季節は夏だから。近付いてよく見ると、それは膝下から足の甲まである**立派なギプス。**なんでここに？　っていうか、そもそもこんなにスッポリ脱げるもの？　っていうか、これは分別的には何ゴミ？　あ、まさかなんかの作品なのか？……などなど疑問は保留し、道路脇の**ガードレールに立て掛けて去った**そうです。

（H）

スレスレ

学生時代、駅へと急いでいたのですが、自分でもよくわからないのですが、なぜだか**急に足が止まった**のです。と同時に、自分の**鼻先スレスレにカラスのふん**が落ちてきました。足が止まらなかったら**顔に直撃だった**と思います。向かいを歩いていたおじさんも、目を丸くしていました。

（トネリコ）

アツアツ

今日、**かりんとう徳用パック**（30円引きの値札付き）が、大袋のまま、道ばたに落ちてるのを見つけた。黒っぽい袋だったため、夏の日差しを浴びて**アッアッ**になっているようだった。

（かんこ）

落とす人と拾う人

高校生のころ、同級生の男の子が「これ落とさなかった？」と。見ると、私がかばんにつけていたバッジでした。よく拾ってくれたなあとびっくりし、お礼を言って受け取りました。後日、校章の裏の止め具をなくしてしまい、買わないとなあ……と思いながら世間話程度に、例の彼にそのことを話すと「えっ？　俺、誰かのだと思って、拾っておいたんだ」と、**止め具をポケットから差し出す**じゃないですか！　ほのかに運命を感じました。

（でも何もなかった）

落とす人と拾う人2

学生のころ、野生動物の調査をしていました。山小屋に着いて仲間が一言。**「ザックに縛り付けていたダイコンが無い」**その夜、遅れて来た先輩が**「ダイコン落ちてたから拾って来た！」**無事戻ったダイコンを

見ると、**野ネズミのかじった痕**がありました。（ゴマ夫）

落とした人が心配

会社の前の通りに、**英語で書かれた日本のガイドブック**が落ちていました。道に迷ってなきゃいいのですが……。（ぶち猫）

落とした人がドレッド

前を行くドレッドヘアの男性の**ドレッドが一本**、はらりと地面に落ちました。（HAL）

落とした人に同情

同僚が、プリペイドカードを拾い、自分は使わないからと言って、私にくれた。800円近く残っていたので、同僚に懇切丁寧にお礼を申し上げ、**落とした人に同情をし、**ていねいに財布にしまった。自分の落としたプリペイドカードが**手元に戻ってきている**という事実に気づい

たのは、その12時間後だった。バカにもほどがあると思った。（がちゃぴん）

笑うえべっさん

小学生のころ、友だちと遊んでいた林のなかで見たんです。土の中から顔だけ出した、**恵比寿さんの焼きもの**を。あの恐怖の笑顔……。叫びながら逃げました。（縁起のいいものなのに）

笑うジョーカー

本屋を出て、駐車場の路上へ出ました。なにか**異様な雰囲気**を感じて視線を落とすと、**トランプのジョーカー**が一枚、落ちていました。**炎天下の中、ピエロが笑っていました。**すごい存在感でした。（はらぽん）

アンコ

通勤中、交差点で信号を待っているときのこと。足もとに落ちている茶色い袋から**4~5個の大判焼き**が転がり出ていました。どれも**一口かじった跡**があり、すべての大判焼きから**アンコが顔を覗かせてい**ました。いったい何が気に入らなかったのだろう……。

（匿名さん）

こしあん

今朝、歩道に、ビニールのパックに入った**使いかけのこしあん**が落ちてました。あんこの落としものを見つけるのは、これで3回目。ちなみに**1回目はつぶあん**でした。

（みん）

まんじゅう

先日、電車の中で隣に座った女性が、ノートパソコンを出して一生懸命タイプしていました。よっぽど急ぎの仕事なんだろうな、なんて思っていたら、次の駅で「事件」は起きました。乗ってきたおじさんが、がさごそ網棚に荷物を乗せていたその瞬間、何かが彼女の**パソコンのキーボードの上**に落ちてきたのです。それはなんと、**白い粉の一杯つい**

たおまんじゅう、しかも2個！ 彼女は「あっ」と絶句してましたが、**すぐにまんじゅうを返し、白い粉をふーっと払い、またパソコンを打ちはじめた**のでした。どんだけ急ぎなんだーと、まわりの人も心で突っ込んだことでしょう。

（匿名さん）

買い物メモ

今朝、うちの前で達筆な買い物メモを拾いました。「しょうゆ、こぶ、つゆ、玉子、ナットウ、みそ、肉、貝、**負**」……惜しい。

（鍋ですか？）

買い物メモ2

母とスーパーへ買い物へ。レジ横のガムなどが並べてある棚の上に、丸められたメモ用紙が。開いて見てみると、**「メンクイジガイモ」**と……。まちがえすぎです。大笑いしたあと、もとのところに戻しておきました。

（メイクイーン）

フルーツ

近所のスーパーの裏の電信柱の根元に、レジ袋に入った**バナナが一房、**置いてありました。

（いったいだれ？）

フルーツ2

11月半ば。だいぶ冷え込んできた今日このごろ。街路樹の根元に、なぜか**スイカがまるごと1個……。**

（なつきぶん）

道ばたに調味料

買いもの帰りに自転車に乗っていると、前方の縁石の上に**「はかたの塩」**が……。と、塩を買い忘れたことを思い出した！　拾おうかどうしようか考えているうちに通り過ぎてしまいました。

（もも蔵）

トイレに調味料

お昼休み、トイレに行くと**「おろし」という和風ドレッシング**が置かれていました。どうして、トイレにまで持ってきてしまったのか……。

（匿名さん）

ホームに香辛料

寒風吹きすさぶ朝の通勤路線のホームに、黄色い点々がふたつ。納豆パックについてる小さな**「練りからし」**でした。

（朝ご飯は立喰い納豆）

しあわせ

金曜午後8時。職場の廊下の真ん中に**四つ葉のクローバー**が。**「しあわせが落ちてます！」**思わず声を出してしまいました。驚いたことに、ふだん、ほとんど話さない他部署のかたや上司が、残業を中断して集まって下さいました。「何であるんかなあ」「きれいだなあ」「いいことあるかも」とお互いに話しながら、手から手へ、そっと渡されていきました。クローバーは、上司の提案で、その場にいた**他部署**

の新人さんに。にわか贈呈式、みなさんの笑顔と温かい拍手。こんなに嬉しくなった落としものは初めてでした。

（地方都市リハビリ病院勤務）

何が落ちてるん？

保育園に遅刻しそうになった朝。「あきちゃん、走ろ！」「うん！」と、ダーッシュ！　でも、だんだんペースが落ちてくる。「あきちゃん、スピード落ちてるで！」と言うと、途端に立ち止まり、**地面を見わたし「何が落ちてるん？」**

（あきまき）

いつのまにか

学校にたどりつくまでに、**手に持っていた**「上履き入れ」と「給食当番の袋」をどこかに落とした息子。上履き入れは誰かが拾って教室にとどけてくれたって。給食当番の袋は行方不明。落とした瞬間、**手はとっても軽くなったろうに。**

（通学路往復2回さがした母）

ネギ

マンションの管理人さんが、ピンポーンと家にやって来た。「奥さーん、**ネギ落とした？**　駐車場に落ちてたわ」……はああ、お恥ずかしい。お礼を言って受け取ると**「今度はもっとマシなもん落としてやー」**

（穴があったら入りたい）

山芋

帰りのバスに乗り込むと、座席はほぼ満席。そんななか、空いている座席がひとつ。ラッキーとばかりに座ろうとすると、そこには**「山芋」**が。どなたかがスーパーで買って、落としていったのでしょうか。ビックリしながらも、山芋をよけ、席に座りました。そのうちに。これはもしかしたら**持って帰ってもいいんじゃないか**と思いはじめ、**母にメールしてみました。**「今、バスの座席に山芋が落ちてるけど、いる？」すると母は**「運転手さんに、落とし物ですと言って渡しなさい」**と。

はい……もっともです。
（ちゃや）

白菜

激しい突風の吹き荒れた翌日、我が家の前の道路に**「バラバラになった白菜」**が落ちていました。それ以来、この季節の友人からのメールの件名は「白菜が飛んでくる季節になりました」です。
（もっといいもの飛んで来い）

海藻

朝、出勤途中に見かけた、なにやら黒っぽくて長いもの。**コンブだ！**
夕方、帰り際に探したけどありませんでした。
（ｒｉｅ２４）

Y野家

駅前の植え込みに、ひっそりと**牛丼のどんぶり**が落ちていました。**「Y野家」のどんぶり**だと、一目瞭然。イートイン用の陶器のヤツ。通

り過ぎるときに覗き込んでみると、なんと**白米だけがどっしり残っていました。**（ぽぽ子）

卵焼き専用

カフェでバイトをしていると「落し物みたいなんですけど……」とお客さまが。その手には、**真新しいフライパンがむき出し**で、しかも**卵焼き専用の四角いやつ**が……。（スタバ）

ナイスキャッチ

スーパーで買いものしていたときの話。レジで支払いをしていると、別のレジのお姉さんがあたふたしつつ「お客さま、すみません」というので振り向くと**「5円玉が**お客さまの**ズボンのスソ**に入ってしまったので、取らせてもらってもいいですか」と。なんと、店員さんが落とした5円玉を、スソの微妙な折り返し部分がキャッチしていました！　5円玉は、すぐに救出されましたが、まわりのお客さんも、なんだか和やか笑顔になってしまう落しものでした。

（しろくまちゃん）

単語帳

地下街から地上へと上がる階段に、単語帳が1枚、落ちていました。そこには、フランス語と日本語で**「わたしはスプーンです」**と。なぜ「スプーン」……。

（セリフかしら？）

HANAE MORI

カトリックの女子校に通っていました。クラス分けをしたばかりのころ、担任のシスターがホームルームの最後に言いました。「えー、もりさーん。**もりはなえ**さーん。ハンカチが落ちていますよー」シスター、それは**落とした人の名前ではありません。**

（ゆりち）

鎮座

今朝、電車の座席に**コンビニの大きなレジ袋**が置いてありました。置いてあるというより**座って**いました。中身は**ぜんぶコンビニのおにぎり。50個**はありました。

（burikosu）

ふとん

学生時代、1Kアパートの6階でひとり暮らしをしていたとき。天気が良かったので、ベランダに敷布団を干しました。数分後、ベランダに目をやると**ふとんがない！**　やばい！　落ちた!?　アパートの前はバス通り。人通りも車通りも少なくない。ああ、怪我人が出てたらどうしよう……。　大慌てでベランダから下を見ると、街の様子はいたってふつう。どこにもふとんはない。それとなーく近所を歩いてみたけど、やっぱりない。えぇ～？　結局、**ふとんは見つかりませんでした。**　どこいったんだろう、私の敷布団……。

（その夜は床で寝ました）

座布団

土砂降りのなか、増水した川に、**真っ赤な座布団**が流れていきました。濁流に、ワンポイントの赤が、見事に映えていました。（ぴよぴよ）

焼きそばU・F・O

スイスに住んでいます。先日**「焼きそばU・F・O」の期間限定バージョンの容器**が捨てられていました。日本人が住んでる地域でもなく、日本の食料品店があるわけでもなく、お湯を注いでくれる場所もない、小さな町の路上なんですが……。（食べたくなりました）

Spa王

先日、B'zのコンサートに行ったとき、私の席は、アリーナ席中央付近の、照明や音響を調整する人たちがいるブースの真後ろでした。そのブースを眺めて「すごい機材だね〜」なんて旦那と話しながら、ふっと下に目をやると、機材の脇に未開封の**「Spa王醤油バターたらこ」**が立てかけてありました。旦那とふたり「何で!?」と思いました。まわりの人たちも**「Spa王だよ。」**何で?」と話していました。コンサート終了後、出口に歩いて行く人も**「Spa王だよ」**と指さしていました。

（あきらた）

みなさんにお願い

数年前、三十路過ぎて独身の私に、母が「恋に効く」というブレスレットを買ってくれた。そのブレスレットを腕にはめたとたん**「パーン!」という音をたててはじけ飛び、**バラバラと数珠をぶちまけてしまった。今年、相変わらず独身の私は、お正月に自分で縁結びのお守りを買った。先ほど、そのお守りが付いている、がま口のポーチを手に取ると……。**お守りの先がない。**紐だけがぷらーんとしている。どなたか、みつけたら拾ってください！　お願いします。お願いします。（匿名さん）

ゴムが緩んで

先日、外で就職先の上司と談笑していたところ、足元に何か違和感が。

見てみると、**約5年間愛用している毛糸のパンツが足首まで落ちていました。**思わず「あっ！」と声をあげると上司もそこへ注目。爆笑してくれたので良かったものの恥ずかしさと笑いで悶え死ぬところでした。

（来年から社会人）

胸ポケットから

お昼どき、同僚が「弁当に入っていた玉こんにゃくを落とした」と、しきりに床を探していました。数分後、玉こんにゃくは、**彼の胸ポケットから、**名刺入れと一緒に出てきました。

（どろぼっけ）

古い……

歩道でお財布を拾ったので、最寄りの交番に届けにいきました。お巡りさんがお財布を開きながら「あ、運転免許証が入ってるみたいですね。これならすぐ落とし主が見つかりますよ」ところが、お財布のポケットから出てきたのは**「なめ猫」の免許証……。**

（無事に戻ってますように）

他人の結婚指輪

先日の雪の降る夜のこと。マンションの9階のベランダから、左利きの夫が枕の埃を手ではたき落とすのに、結婚指輪を遠心力ですっ飛ばして落としてしまった……。寒さと眠気に耐えられなくなる深夜4時まで、マンション周辺を夫婦で必死で探したら、**他人の指輪を2つも見つけた。**最後、警察に「紛失届け」と「落し物届け」を出してクタクタになりました。

（入籍1年2カ月での紛失）

チクワとイケメン

夫とふたり、いつもの散歩の帰り道。前から超イケメンの外国人さんが、片手に小さな袋を持って何か食べながら歩いて来ました。すれ違いざまに袋から何かがポトリと落ち、見事なバウンドで夫の前にポヨヨンと着地。ナント、まさかの**チクワ**だったのです。彼は照れくさそうに拾ってたけど、その姿さえもカッコ良くて、**ウットリ。**翌日、その彼にほぼ同じ時間、同じ場所で出会ったんです。そして、**その手にはしっかりチクワの袋が。**よっぽどお気に入りなんですねー。（もう1回出会いたい）

今日の気になるあいつ

勝手に命名

自転車通勤をしていると、同じく自転車通勤のフランス（？）系イケメン外国人（**「ジャン」と勝手に命名**）と、すれ違います。ただし、彼は「ママチャリ」です。前と後ろにカゴがついてる、完全奥様お買いもの仕様のチャリです。こんなカッコいい人もママチャリに乗るんだなぁ……と、同じくママチャリの私は好感を持っていたのですが、最近、新しいおしゃれチャリに変わっていました。「おお、ジャンよ、お前もか……」心なしか、すれ違うとき、ジャンはすまなそうに見えます。

（ママチャリ族）

勝手に命名2

高校時代の「気になるあいつ」です。彼は、髪はモジャモジャ、いつも自転車で爆走していました。太っているので、後ろからみると、サドルからオシリがめちゃくちゃはみ出している。いつもラフな格好で、サラリーマンには見えない。みんなで勝手に**「均（ヒトシ）」**と名前をつけていました。数ヵ月後「均の同級生」だという人に出会い、本当の名前は**「サトシ」**と知りました。オシイ！　（ちゅん）

勝手に命名3

ときどき町で見かける、黒のレジェンドに乗ったアイツ。今どきほとんど見かけない見事なリーゼント。仲間内で**「マー坊」**と勝手に呼んでいたが、3ヶ月に1回の割合でしか遭遇できない。ある日、久しぶりにダンナの店（車の修理工場）に行くと、どこかで見たレジェンドが！　そして、見事なリーゼントのマー坊も！　こんなに身近にいたなんて！

（ダンナの仲間内ではジョニーと呼ばれている）

勝手に命名4

小6の娘の通学路は、田んぼの中の一本道。毎日、数羽のキジを見かけるらしい。「あのね、オスのキジが二羽いて、一羽は、メス三羽も引き連れてる**モテ・ルオスくん、**もう一羽は、いっつも一人でうつむいてエサさがしててしょんぼりしてる**モテ・ナイオスくん**て名前だよ。ナイオス、今日も一人やった」キジの世界もきびしい。

（婚活がんばれ）

用意周到

会社勤めのころ、N氏は常に腕時計をふたつも左腕にはめていた。気になってしかたがないので、ある日理由を聞いたら**「片方は電池がなくなったときの予備」**とのことだった。

（ミニ・ライオン）

若気の至り

あるとき、車で山道を走っていたら、前方から自転車の若者グループが。一列になって、一生懸命、山を越えています。それにしても、全員おそろいで、へんなかたちのヘルメットをかぶっている。すれ違うときに見えたのは、全員の頭の上に乗っかっている大きな**「ウ〇チ**

のハリボテ」でした。若いって……まぶしい。（今ごろどんな大人に）

再会

実家の近くでたびたび目撃する、**禿げヅラとチョビ髭をつけた加藤茶ソックリのおじさん。**高校1年のときに遭遇して以来、かれこれ10年以上。なぜか落ち込んでるときに見かけることが多く、あまりのタイミングのよさに、一時は妖精か妖怪かと思うことも……。年末、出産のため3年ぶりに実家に戻ったのですが、予定日をこえてもなかなか産まれなくって、もやもやしながら散歩していると、おじさんに遭遇！　そしてその夜に無事出産！　やっぱり妖精なのかも！

（意外に若そうなのも気になる）

対向車線

マイカー通勤中、渋滞している車のなかで**歯磨き**している女性を見ました。歯ブラシをくわえ、口のまわりが白くなっていて……。そのあとはどうするんだ？　ガラガラペッってどこでするんだ？　そのまま目的地まで行くのか？　それとも……ゴックンしちゃうのか!?

（腰痛持ち）

対向車線2

近所のスーパーから帰る途中、**「ぴょぉぉぉぉ〜」**と、何やら「みやび」な音色が。よくよく聞いてみると、道路のほうから聞こえてくる。まさかなぁと思いながら、信号待ちの車の列を見てみたら、運転席の窓を全開にして**篳篥（ひちりき）を吹いてるおじさん**が！

（いゆか）

対向車線3

車を運転中の信号待ちのときに、交差点をはさんで向かい側の反対車線の車のうえに、ちょこんと載ったピ**ンクのキンチャク袋。**運転席を見ると、**ダンディな初老の男性。**信号が青になって、キンチャ

ク袋を乗せたまま走り去っていきました。　（お弁当箱だったのかな）

対向車線4

出勤途中に、よくすれ違う車があります。綺麗な感じの女の人が運転しているんですが、いつも**顔の体操**をしながら運転してるんです。唇を思いっきり尖らせて鼻の頭にくっつけている顔や、目と口をこれでもかと言わんばかりに開いている顔や、**「あー」「うー」「あー」「うー」**と口を開けたりすぼめたりしている顔……。日によっていろんな表情を拝見することができます。　（そんな私は車内で熱唱）

対向車線5

毎朝、出勤のときに車ですれ違う若い女性がいました。いつも、どう見ても、**親指をちゅぱちゅぱ吸っている**んです。ハンドルに手を乗せて、ちゅぱちゅぱ……。初めて気がついてから、たぶん**10年以上**はすれ違っていましたが、ふとここ最近、出会わないことに気がつきました。お嫁に行ったのかなぁ……。

(匿名さん)

対向車線5のその後？

ここ10年ぐらい、車での通勤時にすれ違う指しゃぶり(たぶん親指)して運転している若い女の子がいました。ここ数年すれ違わなかったので「彼女もお嫁に行ったのね～」……と思っていましたが、**今朝久しぶりにすれ違いました。**思わず車の中で「おっ！」と声を出してしまいました。この暑さに指臭いだろうなぁ……と、思いつつ彼女が元気だったのが妙に嬉しかったけど、いったい彼女は何歳なんだろう……。単純計算しても30歳近いんだけど。

(うろん)

おかしな格好

地元の図書館によく行く私ですが、新聞や週刊誌を読むおじいさんたちに混じり、**キャッツアイばりのレオタード、腰にスカーフを巻いたおじさま**が、**大仏のようなスフィンクスのような絵**を無心に、

鉛筆で、デッサンしています。荒々しいタッチです。（匿名さん）

おかしな格好2

ちょっとくたびれた感じのスーツを着た、中年のおじさん。しかし、その肘・膝には、クッション入りのサポーターをしっかり装備。頭にはヘッドライト。小脇に抱えたキックボード。そんな彼とよく会うのは、**昼間の電車の中。**……どちらへ？（じゅんこ）

おかしな格好3

学校帰り、**全身真っ赤なおじいさん**をたまに見ます。本当に全身真っ赤っ赤で、帽子、服上下、ベルト、靴、靴下、リュック、リュックにつけてるキーホルダー、さらには携帯まで……原色の赤！　そのなかでおじいさんの**白髪のおかっぱ**がよく映えます。ロックで、とてもクールです。（匿名さん）

おかしな格好4

今朝、交差点で信号待ちをしているときに、見かけた女性。フリルのついたスカートを穿き、ふわふわのブラウス。レースの日傘を片手で持ち、もう一方の手でなにやらメール中。しかし！　**足元にはサッカーボール**、それを軽く抑えている足には、**どう見てもゴムぞうり**。背中には「これから山登りでも？」……というような**いかついリュック**。わけがわからなくなりました。

（ぶうふうう）

おかしな格好5

毎晩、犬の散歩で公園に行きます。先日、**ワイシャツにスラックス、革靴**という格好の**白髪の男性がうさぎ跳びしている**のを見かけました。

（愛犬家）

おかしな格好6

今日は吹奏楽団の練習でした。行きの電車のなか、座席に座って曲を聴きつつ、楽譜のチェックをしていたんですが、なんか視界に「黄色いもの」が入るんです。顔をあげると、向かい席に**上下黄色のジャージなのに革靴、赤い帽子**という服装のおじさんが、座ってはります。気になってしまい、楽譜チェックがはかどりませんでした。駅に着き、私が立ち上がると、そのおじさんも同じ駅で降りはりました。後ろ姿には**「しっぽ」**と、フードのようにして**「ピカチュウの頭」**が下がっていた……。

（ともちび）

自転車1

今朝、**真っ赤な自転車に大小4つの黒猫のぬいぐるみ**をしばりつけて走っていた、**スキンヘッドにグラサンのおじさん**を見た。

（匿名さん）

自転車2

夕方の買いもの帰り。信号待ちをしていると、たまに会います。交通整備をするときに使う、あの**光る棒**を自転車の前後に2本ずつさして、**ピカピカ光らせながら走ってくるアイツ。**ヘルメットにゴーグルをかけたそのお姿は、まるでデコトラのよう……。いちど、後を追いかけて、家まで尾けたことがあるくらいファンです。（松子）

自転車3

夕刻の買いもので賑わっている商店街を、ママチャリの傘ホルダー（?）に、駄菓子屋で売っているカップラーメンをはさみ込んで、器用に食べながら走り抜けていった、丸刈りの少年よ。**止まって食べなさい。**（匿名さん）

自転車4

帰宅途中、おじいちゃんがヨロヨロと自転車で走っていました。追い抜きざまに振り返ると、おじいちゃんの口から、**うどんが暖簾のように**垂れ下がっている！　ハンドルを肘で操りながら、手で丼を持ち、うどんを食べながら走っていたのです。

（うさみさ。）

自転車5

近所に競馬場があります。私は見たことはないんですが、いるらしいんです。**猛スピードで自転車を漕ぎながら、ムチを入れているおじさんが……。**

（ちゅんちゅん丸）

自転車6

通勤途中、自転車のうしろに長さ1メートルぐらいの黒っぽい材木を横向けにくくりつけて走っているおじさんがいた。危ないなぁと思いながら徐行し、すれちがいざまによく見ると、それは**大量の黒いコンブ**だった。コンブはひらひらゆれながら、おじさんとともに走っていった。なんとなく、さわやかだった。

（海沿いの町で）

自転車7

今年の冬の話。**ツルツルに凍った道を、カップ麺を食べながら**自転車に乗っている青年を見かけた。一瞬、中国雑技団かと思った。

（私には無理だ）

自転車8

月代はないけど、**ちょんまげ。**ぱりっとしてるわけじゃないけど、茶色っぽい**和服。**見た目、素浪人みたいな若者が自転車ですれちがって行きました。もちろん丸腰。すれちがった瞬間、無意識に「あ、ちょんまげ」と口から出て、はじめてそれと気づいたっていうくらい、着こなしも自然で、町に溶け込んでいました。

（かよらん）

自転車9

おじいさんが、自転車に乗った状態で、ペダルは漕がずに**つま先で**

ちょっとずつ歩くような感じで、横断歩道を渡っていました。

（しゃん）

自転車10

ある日の昼下がり。子どもを迎えに行こうと、近所の大通りを歩いていたら、道行く人の空気が微妙に変わりました。……ん？　えーっ！　自転車を押す男性のハンドルに**2羽のフクロウ！**　右に一羽、左に一羽……。興奮して子どもに言ったら「ときどき見かける」と。

（東京都下）

自転車11

数年前の、雨の日。信号待ちをしていると、中年の女性が、自転車で颯爽と通り過ぎました。傘はささず、そのかわりカッパを着て……「え？」一瞬、目を疑いました。なんと、その女性の頭には**透明のシャワーキャップが！**　そりゃ髪は濡れないでしょうけど……。

（匿名さん）

自転車12

ある夜、オットが玄関先の暗がりにしゃがんで、夕食後の一服をひっそり楽しんでいたときのこと。目の前の道を、自転車に乗ったオバチャンが走ってきました。街灯が少ない道なので、オバチャンは、しゃがんでいたオットに気がつかなかったようです。ちょうど我が家の前にさしかかったとき、オバチャンはおもむろに、サドルからひょいと腰を浮かせました。**ブッ。** 大きな炸裂音に愕然とするオット、何事もなかったようにサドルに座り直し、過ぎ去っていくオバチャン。オットにとって衝撃的だった、家族以外の女性の「生屁」……。

（C・M夫婦）

自転車13

車で外出中、車道の端を中年男性が自転車で走っていました。そのおじさん、**ずっと両手離し運転。** しかも、ランニングかのように**両腕を振っ**

ています。 なんと**そのまま交差点を曲がって行きました。** バランス感覚によほど自信があるのでしょうが……。（見てるほうが怖い）

ドリンクホルダー1

信号待ちで隣に止まった車にふと目をやると、おじいちゃんでした。**ドリンクホルダーに湯のみ**がきっちりとおさまっていました。（ちよ）

ドリンクホルダー2

近所に住んでいる、見るからにコワイおにーさんは、改造自転車でやってくる。お手製ドリンクホルダーには、大量の**イカの駄菓子。** どんだけ大好きやねん。（匿名さん）

ブルドッグ好き？

通勤途中で見かけたおばさんは、**右手にブルドッグ、左手にブルドッ**

クソースを持ってお散歩していました。

（しげちん）

お供えもの

近所のお地蔵さんに、漫画『**かりあげクン**』がお供えしてありました。

（どらみ）

組＋ハ

署名をお願いすると「組」の「且」の下に「ハ」を付けてくるお客さんがいらっしゃいます。その**誤字全体の気持ち悪さ**といったらありません。ただ、たまに正しく「組」と書いてくれることもあるので、そのお客さんがみえると、「今日はどうなの⁉　どっちでくるの⁇」と、毎回、気になって仕方がありません。

（匿名さん）

歩きながら

車に乗って走行中、前方から一人の男性がこちらに向かって歩いて来ました。何やらその人の手もとが忙しく動いていたので目を凝らしてじっと見ると、彼は凄まじい勢いで**エアギターを練習**していました。そのまま自宅まで練習しながら帰ってほしい期待と、見ているこっちが恥ずかしいので今すぐ止めていただきたい思いを交差させつつ、その場を通過。

（ＭＲ）

歩きながら2

前から、男性が紙のカップで何かを飲みながら歩いてきました。「コーヒーかな？」と思い、すれ違ったときに見てみると**「インスタントのなめこ汁」**でした。

（なめこ汁より豚汁派）

刺さって

通勤途中にサクランボの木があるのですが、その前を通っていたら、**くちばしにサクランボが刺さったスズメ**に遭遇。くわえてるんじゃなくて刺さっていました。

（ぱーる）

さえずって

仕事の帰り、地下鉄の駅で小鳥のさえずりが。夜なのに……？　駅でこんなBGMを始めたのかなぁと思って聞いていましたが、どうもアナウンスとのタイミングが変。「なんだ〜？」と思っていると、私の後ろでさえずりが！　「え!?」と思って振り向くと、**中年の男性が得意げにさえずっている！**　リ、リアル！　一瞬、仕事の疲れを忘れました。ありがとう……？（K）

横断歩道で

車に乗って家に帰る途中、信号待ちをしていたら、横断歩道を歩いて渡りながら、**しめ縄を高速で編むおばあさん**を見かけました。あまりの手際の良さに、すっかり釘づけになりました。歩きながら編まねばならないほど忙しかったのか？　お正月の餅を買うために笠を売りに行く「かさこ地蔵」のような状況だったのか？

（家まで着いて行けば良かった）

何食わぬ顔

昨日、最寄り駅から家に向かって歩いていたときのことです。私の5メートルくらい前を、ひとりのおじさんが歩いていました。とくに気にも留めずにいたんですが、ゆるいカーブを曲がってまっすぐな通りに出たとたん、そのおじさんが「くるっ」と後ろ向きになって、そのまま**後ろ向きで走りはじめたんです！**　わたしが「え？」と思っている間にも、おじさんは「後ろ向き走り」をし続けて、路地に突き当たるまでの約100メートルくらいを走りきり、突き当たる少し手前で、また「くるっ」と前を向き、**何食わぬ顔**でスタスタと歩き出しました。（ｎａｔｓ）

何ごともなかったかのように

電車内はそんなに混んでおらず、全員が座れて、空き座席が少々残ってるくらいだったと思います。そんななか、前の座席で若い女の人が寝ていました。その人が、**おもむろに親指を鼻に入れたのです。**「……何?」と見ていますと、**手のひらを返し、人差し指まで残った穴に入れる**ではないですか。彼女は途中の駅で、何事もなかったかのように、降りていきました。その後の消息は、知りません。

（彼氏に見られませんように）

氷砂糖の女神

昔、電車内で咳が止まらなかったとき、見知らぬおばさまがいきなり「ほら! 口開けて!」と言うやいなや、私の口に**大きな氷砂糖を押し込みました。**びっくりしましたが、咳はぴたりと止みました。そんな思い出を会社で話したところ、なんと私の上司も、貧血で倒れたときに見知らぬおばさまから氷砂糖をもらったとのこと! その日から、そのおばさまを、私たちは**氷砂糖の女神**と呼んでいます。きっと今日もどこかで……。

（もと）

ホイッスルおじさん

職場の同僚が通勤電車内で見かけたんです。そのおじさんは、恰好もいたってふつう。一人ドアの近くに立っていたそう。しかし、そのドアへ駆け込み乗車をする客を見つけると**突然ポケットから笛を出して鳴らし**「駆け込み乗車はやめてください！」と、その乗客をブロック。電車が走り出すと、ふつうのおじさんに戻ったそうです。後にウチらの間で「ホイッスルおじさん」と命名。今日もどこかで、電車の運行を守ってください。

（正義のみかた）

紫おばさん

小学生のころ、落ち葉だらけの校舎裏をそうじ中。ふざけていたら、フェンスの外の道路を、おばさんが歩いて来ました。すると突然、そのおばさんが私たちをにらんで「ちゃんと掃除しないと**ぶんなぐるよ！**」と叫んで、去っていきました。その紫色の髪の毛から**「紫おばさん」**と呼ばれ、伝説になっています。

（匿名さん）

カップル

今日、休日で込み合う商店街を歩いていたら、向こうからTシャツ・ジーパン姿の若い男性カップルがお互いの身体に腕をからめ、肩を寄せ合って、歩いてきました。ふたりとも**おでこに「冷えピタ」を貼っていました。**これって、熱いカップル？　クールなカップル？　それとも、シュールなカップル……？

（きりぎりす＠世界はやっぱりワンダーランド）

スター

とある百貨店ではたらいていたとき。いつも、開店と同時に通って来るひとりの男性がいました。**夏も冬も素肌に革ジャン。**胸をはだけ、袖を半分にまくった着こなし。ブレスレットと腕時計をひとつずつ、計

4個をつけた両腕を、エレベーターの扉が開くと同時に**左右に広げて歩き出す。**目指すはディスプレイ用のピアノ。ピアノの前に座ることなく立ったままで、**玄人はだしにクラシックを弾きこなした**あと、満足げに、また両手を広げてエレベーターに乗り込む彼……。（やうかん）

頭に

最終電車もまぢかの駅構内。中年のスーツ姿のおっちゃんが歩いている。ん？　頭になんか乗ってる。んん？　**お茶のペットボトル**を乗せて、しかも軽く千鳥足……。えー！

（爽健美）

頭に2

とある観光地で、前を歩いていた男性。がっちりした体格に白いランニングシャツと短パン。背中にリュック。そして……頭の上には、水の入った**2リットルサイズのペットボトルが、垂直に。**なぜ？

（みっちー）

頭に3

池袋駅を歩いていると「いけふくろう」がなんか変……。近づいてよく見ると、頭のうえに**「ペヤング」がふたつ。**さらにそのうえに、革靴が左右そろえて置いてありました。絶妙なバランス感覚。（さやかえる）

準優勝

電車のなかで、大きくて立派なトロフィーを持っていたおじさん。こんな立派なトロフィーだから、きっと立派な賞なんだろうと、台座に刻まれた字に目をやると……。**「発毛部門　第2位」**思わずおじさんの頭を凝視してしまいました。（あーや）

一米六十二糎の男

出勤途中に通りがかるお宅に、もう何年も貼り紙がしてあります。そこには、ご老人によるものらしい震えるような筆跡で**「身長一米**

六十二糎の男　挙動不審者を見かけたら　直ちに警察へ通報お願いします」と書いてあるのです。この身長162センチの挙動不審男は、いったい何をしたのか……。早期解決を願うばかりです。
（ぴよぴよ）

詰問

昼下がり、街を自転車で走っていると、道の向こうに運送屋のお兄さんふたりが。先輩と後輩らしく、仕事を教えているような雰囲気でした。その横を通り過ぎたときの会話。**「セブンイレブン『で』いいわけ？　セブンイレブン『が』いいわけ？」**強い調子で詰めよる先輩、うつむく後輩……。

（そこが重要）

ローラーブレード

今朝、通勤で駅まで自転車で向かっていたところ、遠くにクルクル廻っている男の子が……。スケボーかと思っていると、**ローラーブレード**

を履いて背中にタンクを背負ったおじさんが、クルクル廻りながら道路わきの雑草に除草剤をかけていました。（衣装は黒づくめ）

ローラースケート

片側2車線の国道脇の歩道で、ヘルメットをかぶり、ひじパット・ひざパットの完全防備でローラースケートに乗る、50代くらいのおじさまを見かけました。しかも、はじめたばかりのようで、ガードレールにつかまりながら、**内股、足ガクガクの状態。**信号待ちだった私は、思わず二度見……。新しいことに挑戦する勇気に乾杯。（あさみっち）

夏季限定

近所の美容室に**「冷やしシャンプーはじめました」**の貼り紙が。こんどためしに行こうかな……。（匿名さん）

営業中

通勤途中にあるカレー屋さんは、もう半年ほど前から**「都合によりカレーの販売を中止します」**と貼り紙をしたまま、営業を続けています。（もちろん今日も営業中）

枝豆

修理に出したプリンターが戻ってきました。いっしょに添えられていた「今後の使用上の注意点の紙」を読むと……。「故障の原因のひとつに、異物混入があります。例：消しゴム、ボールペン、**枝豆**等……」え、枝豆!?　ここに書かれているということは、前例があるということなのだろうか。（る）

枝豆2

駅前を歩いていたときのこと。**若いラッパー風の男性**が電話をかけながらこちらに向かって歩いてきました。聞くともなく聞いていると、すれ違いざまに「いや～、ほんとにありがとねー。**でも、もう枝豆はい**

いわ」と。

（ペンギンネコ）

少女のポシェットに

中国の田舎町で見かけた少女の斜めがけしたポシェットには**「イカ墨」**と書いてありました。しかも**ビーズ刺繍の文字**でした。（リョウコロ）

水泳帽に

ジムのプールでいつも会う、初老のおじさま。水泳帽には**「限界まで泳ぐぞ！」**の文字が。さぞかし本格的と思っていたが、入っているクラスは、初心者向けクロール教室。「すぐに限界が来ちゃうんですよ」の一言で納得。限界は人それぞれですものね。（よ）

パリジェンヌのスカートに

エッフェル塔で行列に並んでいたところ、黒いタートルネックに赤いスカートというさすが**パリジェンヌ**といったセンスのいい女の子が私たちの前を通りました。しかし、その赤いスカートをみると、黒い殴り書きの筆文字で**「安物買いの銭失い！」**と書かれていました。（品川）

夫のつぶやき

林檎を食べるとおなかが空くだとか、**風にあたると眠くなる**だとか、独自の説を持つオットが風邪をひいた。そして夜中にムックリ起き上がり、何度も鼻をかんだあと**「そうか……ズルイ顔をすればいいんだ」**と呟いた。気になって、しばらく寝れなくなりました。（カイテリテリ）

ものすごく真剣

見てしまいました。歩道と植え込みを区切る膝くらいの高さの柵に乗って、バランスをとっているおじさん（40歳代？）を。**顔がものすごく真剣**でした……。まわりの人々がいたってふつうだったのが不思議でした。何を目指しているおじさんなのか。実はスゴい人なのか!? ……まさか。

（ぷぅ）

デキる女

自称「唄って踊れる派遣社員・スミレちゃん（芸名：38歳）」が、クレームがらみの問い合わせに、テキパキ対応していました。電話相手に名前を確認されたスミレちゃんは **「名乗るほどの者ではございません」** と、ニコやかに電話を切っていた。デ、デキる!?

（K）

ですます調

ウチの近所に、とても物腰の柔らかい優しそうな老夫婦が住んでいる。そのご夫婦のお宅の表札には、住所の部分が **「○○丁目○○—○番地です」** と丁寧語で表記されている。前を通るたび、毎回確認して、毎回優しい気分になる。郵便配達の人もきっと同じ気持ちだと思う。

（くま）

巨大朝顔急接近

昨夜、駅からの帰り道で、鼓笛隊やマーチングバンドで見かける巨大な朝顔みたいなのがついた金色のチューバが、自転車に乗って、すごい勢いで近づいてきました。よくよく目をこらすと、**朝顔の中心あたりに黒っぽい服を着た20代くらいの女性が。**ケースにも入れずに、体に巻きつけて、重いだろうに、結構なスピードでした。

（あゆた）

黒いブローチ

ジュースを買おうと外に出て、自動販売機の前でゴトゴトやってたら、近所の人がうしろを通ったので、「どーも暑いですね」と声をかけたのです。そのかたは、犬の散歩らしかったのですが、ふと見ると、白地のTシャツに黒いブローチが。「珍しいですね」と言いかけてビックリ。**大きなゴキブリがブローチのごとく、とまっていたのです。**黒光りするそれに、私は「あわ、あわ、あの……」と声にならず、相手は、けげんそうな顔をして離れていきました。

（**幽霊よりもむしろ怖いかも**）

岡っ引き？

お隣のワンちゃん（エアデール・テリア）の吠える声を、もう何年も、気にせず聞いていたのに……。先日、その声はなぜかハッキリと、私の耳に**「御用！　御用！」**と聞こえてきたのです。大急ぎでダンナに報告すると「気のせいやろー」と言われましたが、聞こえてきたのはやはり**「御用！　御用！　御用！」**音声でお届けできないのが残念です。

（かなぽん）

タイガーマスク

バイクに乗っていたら、反対車線にいた車の運転手が**タイガーマスクをしていました。**びっくりして思わず見つめたら、私の視線に気づいたらしく、「イエーーーイ！」とピースをして、走り去っていきました。

（匿名さん）

タイガーマスク2

新宿にタイガーマスクがいました。20年ちかく前、占いの館の待合室に、あのマスクとマント姿で、とつぜん乱入してきたのです。驚きのあまり、声もなく抱き合う友人と私に**「へぁっ！」**という気合もろとも**夕刊を一部投げつけ、**走り去っていきました。

（mamama）

事務職の昼休み

今日の昼休みの出来事です。隣の30代上司の席から**シャーシャーという音**が聞こえてくる。見れば、上司が濡らした研ぎ石で**サバイバルナイフを研いでいる。**何のために会社で。**事務職**なんですが……。

（あんずー）

しまった……

私の降りるひとつ前の駅で、ドタドタとオバサンが入ってきた。ギリギリ手が届く手すりに必死につかまって遠くを見ていたオバサン。と、いきなり大きくつぶやきました。**「私の昨日はおとといだった……」**言いたいことはよくわかる！

（メイ）

Tシャツ

毎日、大学へ行くまでの道ですれちがう、笑顔がステキな外国人のお兄さん。彼のTシャツに、大きく書いてあるんです。**「毎日が地獄です」**と……。

（来年は社会人）

Tシャツ2

ここ南アフリカで通用する日本語は「スシ」くらい。愛、侍、忍、龍、汗……勘違いな日本語プリントはよく見かけるけれど、今回は強烈。走り去る車の中から、振り返ってまで目で追ってしまった。**「俺の息子」**まぎれもない若い男子学生の黄色いTシャツに、ハッキリ黒字で、そう書いてあった。胸の位置に書いてあったのがせめてもの救いか。

（匿名さん）

Tシャツ3

朝の通勤時、車を運転していると、前方の交差点に向かって、ヨロヨロと自転車を走らせる青年が。交差点で追いつき、ふと見ると、彼の蛍光イエローのTシャツの背中に**「ガンバレ自分」**というプリントが。そのままヨロヨロ左折していく彼を、「ホントにガンバレよ……」と、そっと見送りました。

（ユーカリ）

Tシャツ4

妊娠8ヶ月の私は、毎日お散歩をしています。今日は男子校の集団が、近所の公園のマラソンコースを走っていました。おなかのベイビーも、高校生になったらこんなに大きくなるのかな……などと考えたりしていました。しばらくすると**「マリッジブルー06」**と大きなロゴの入った背中が。軽く笑いそうになっていたところ**「鼻毛デブ」**と入った背中に、さらに追い討ちをかけられました。

（ゆか）

Tシャツ5

多くの人でにぎわう**お正月**のショッピングモール。飲食店に並ぶ行列のなかで、背中に大きく**「館林」**と書いた半袖Tシャツを着た人が。場所は埼玉。なぜ館林、**なぜ半袖……。**

（匿名さん）

Tシャツ6

浅草に住んでいるので、毎日、朝からたくさんの観光客を見かけます。その中の彼（たぶんアメリカ人）が着ていたTシャツには、濃紺地に金の毛筆体で大きく**「四畳半フロなし」**と。衝撃的な1日のはじまりでした。

（私の部屋は1LDK）

Tシャツ7

前からズンズン歩いてくる男性のTシャツに、大きく**「俺の嫁は、」**と。旦那といっしょにワクワクしながら通り過ぎ、1メートルくらい行き過ぎたところでいざ振り返ると……**「鬼嫁」**涙が出るほど大笑いしました。

（ちかティ）

Tシャツ8

スーパーの駐輪場に、買いものから帰るところっていう感じのおじいちゃんがいました。その背中には**「テニスバカ」**の文字が。白いTシャツに短パン、前カゴにレジ袋のナイスなじいちゃんは、ラケットケースを肩から掛け、颯爽とチャリこいで行ってしまいました。

（みとれた午後）

Tシャツ9

「退屈大好き！」とプリントされたTシャツを着たおじさんの背中側には**「極楽トンボです！」**と。ただ、そんなTシャツを着ているわりには、神妙な顔つきで何か考え込んでいるようでした。何があったの？　おじさん……。

（バンビ）

Tシャツ10

ウォーキングしていると、ジョギングのおじさんに追い抜かされた。おじさんの蛍光黄緑色のTシャツの背中には、**「I'm not a virgin」**と書かれていた。

（匿名さん）

Tシャツ11

タイに旅行したとき、「大変だよ！」と、人混みの大通りで友だちが叫んだ。視線の先には12、13歳くらい、漢字のTシャツを着た女の子が。が、胸に大きくプリントされた漢字は**「糞」**誰かー！

（お気に入りじゃないといいなぁ）

Tシャツ12

名古屋駅周辺の人ごみの中、背中に大きく**「肉」**とプリントされた

Tシャツを着た外国人女性。胸には**「肉しか信じない」**と。（ふくよか）

雨に濡れても

今から6年くらいまえのこと。大雨の中、傘を差したカップルが、私の30メートルくらい先を歩いてました。最初は気にならなかったのですが、よく見ると、ふたりの歩幅と歩調がぴったり合ってるんです。それどころか、ずんずん歩くうち、ふたりそろって右に、左に同時にステップを踏みはじめました。華麗に大雨の中を舞い踊るカップル。あっけに取られて見とれていたら、仲良くマンションの玄関へと、ステップを踏みながら消えていきました。

（ゆいゆいママ）

風に吹かれて

こないだの**台風の夜。**電柱の陰に、相合い傘のふたり。ハグしてベッタベタのチュウしてました。傘なんて、あって無いようなもんです。ずぶぬれです。丸見えです。アツアツです。屋根のあるところですればいいのに……と思うのは私が歳をとった証拠でしょうか？
（さかいち）

星に願いを

図書館の入り口に、七夕の笹飾りにつける短冊が用意してあった。娘と願いごとを書こうとしたら、小学生くらいの字で**「うんがよくなりますように」**という短冊が。……運わるいのか？　小学生！
（開運をいのる）

何用？

帰宅途中の電車のなか、斜め向かいに座った30代ぐらいの男性が、何かを編んでいます。よく見ると、割り箸を器用に使って**「網」**を編んでいました。
（ちゃみぷぅ）

散歩中？

急行待ちで止まっている電車のなかから、見るともなくホームを見ていると、黒いシャツ、黒いズボン、黒いテンガロンハットの男性が横切りました。妙にウキウキ歩いている彼の手には赤いロープ。地面に垂れたその先には……**長ネギが。**

（就職6年目）

女子高生の会話

電車で隣に座っていた、ごく今風な女子高生たちが、真面目な面持ちで話していました。「マスオさんって……**経済力ないんかな**」「なんで？」「だって、磯野家のお世話になってんのやろ？」「いや、それは違うんちゃう？　サザエさんの実家に住んでるってだけやろ？」「あぁ……**問題はサザエさんの親離れなんやな**」

（こんがら）

女子高生の会話2

電車の中で、女子高生3人が話していました。女子1「領収書もらった？」女子2「もらったもらった！　Bのほうもらったよ〜」女子3「はっ？　なにBって？」女子2「なんかさぁ〜店員がさー。『領収書Aでいいですか？』って聞くから、じゃあBで～って言ったら『かしこまりました』って、Bくれた」女子1「あたしももらったけど、なんにも聞かれなかったよ！」女子3「……っていうかAとかBとかってあんの!?　なんか違いあるわけ？　ちょっと見してみ！」ガサガサ……。女子1・2・3「……」女子1・2・3 **「なるほどねーーっ!!」** ……いまだに気になります。

（気になるあいつら）

女子高生の会話3

コンビニで遭遇した女子高生の会話です。バンクーバー五輪で、国籍を変えてロシア代表となった女性フィギュア選手の体重の話で盛り上がっていました。「38キロらしいでー。信じられーん」「はぁっ？　さんじゅうはち？　それはアレ？　**キロ？」「キロキロキロ～」「キロかよ！**　ごはん……ないんかなぁ」「ロシア？　あるやろごはん！」「もう帰って来はったらええと思うわ、アタシ」「コンビニあるしな～」「身体もたんで絶対。アカンアカン」ギリギリかみ合ってる感が、そうとうおもしろかったです。

（こんがら）

寝言

ダンナは現在、ビデオカメラを新調しようと、休日は家電量販店めぐり、平日はパンフレットとにらめっこの日々。昨夜、夜中に寝言が始まり、唸っているると思ったら**「ヤマーダ電機っ！」**と……。

（匿名さん）

寝言2

私の父は花札がマイブームらしく、パソコンにダウンロードをして遊んでいます。その父が寝てしまったあと、母と花札をしていたら**「猪鹿蝶でござる、猪鹿蝶でござる！」**と横から父の声が！「お父さん⁉」と呼ぶと、すぐ「何？」と返事が来たので、ふざけて言ったのかと思っていたら「え、記憶にないんだけど……」と。父よ、どんな夢をみていたんだ！

（最近夢を見ない娘）

寝言3

昨晩、なかなか寝付けずにいました。すると、隣りで寝ていた夫が、突然**「30万人に1人なんだよ！」**と言いました。眼鏡をかけて顔を覗き込むと、どうやら寝言のよう。夢の内容が気になって「何が30万に1人なの？」と尋ねると**「俺が」**と……。夫が何の分野でそんなに稀な存在なのか、気になって仕方ありません。

（30万に1人の男の妻）

寝言4

ウチのダンナは寝言が多い。だいたいは「そこの○○取って！」など、仕事の夢だな……と、なんとなく内容が想像できるものばかり。しかし今朝は**「ラジオ局をジャックした！　えへへ〜」**と……。

（カオリ・33歳）

寝言5

わたしの先輩は、寝言がすごいらしい。奥さまによると「365万馬力やで！　引っ張ったろか?」とか、布団の上に正座しながら「ツチノコ発見！」とか言ったりするらしいです。

（しば度）

寝言6

ある日の夜明け。となりで寝ていた彼氏が寝言を言いはじめました。「だからぁ、それはぁ、フクヤマがぁ……もごもご……でぇ……でぇ……すぴー（寝息）」ふだん、福山雅治のモノマネを披露してくれるのですが、寝てまで練習しなくて良いと思いました。

（もちろん本人は記憶無し）

夢の中で

私のまえを急ぎ足で進む、背の高い背広姿の男性。「コニシさん、コニシさん、何時まで大丈夫なんですか？」そうたずねながら、小走りに、後ろからついて行く私。振り向きもせずに「7時半まで」と、コニシさん。「それなら、急がなくても大丈夫ですよ」「ああ、そうだね」と立ち止まり、私と手をつなごうとする「コニシさん」……そこで目が覚めました。**コニシさんて誰？** 後姿と声だけのコニシさん、気になります……。

（春眠）

着メロ

先日、バスに乗っていると、隣に立っていたお兄さんの携帯が**「連邦のモビルスーツはバケモノか！」**と叫びました。しかも2度。

（みごとに響き渡った）

カナつながり

むかしむかし、南の島に旅行したとき、若いウェイターさんが「ぼく、日本語、知ってるよ」と英語で言いました。「日本語には三種類あるんだ」と得意げに言い、ひとつずつ日本語で言ってくれました。「ヒラガナ」「すごい、すごい」「カタカナ」「合ってる、合ってる」**「オサカナ」**……ちょっと違う。

（おさかな天国の旅人）

たけし

「たけし♡えみ」という、バスの壁に書いてあった落書きに、1年後くらいでしょうか……**「だまされた　ばかやろう」**と書き添えられ、「たけし」に斜線が入れられていました。何をやった、たけし。

（る）

傘が

学生の下校時刻のころ、いきなり降りはじめた雨。カサのない中学生がコンビニにピュッと入ってきたかと思ったら、すぐに出ていって**「くっそー」**と叫んでいた。近くにいた女子は、その姿を見て、クスクス。なにごとかと思いきや、**「カサが……俺には高すぎて買え**

ない」ですって！　おばちゃん、思わず買ってあげたくなったわよ。

（ａｋｏ）

靴を脱いで

何年も前のことです。朝、通勤途中にある電話ボックスで、ひとりの女性が電話中。電話ボックスの扉の前には、ものがたくさん入ったビニールの買い物袋が、そのまま置いてありました。「ボックスのなかから見えるとはいえ、無用心だな〜」と思って、さらによく見たら、その買い物袋の隣には**白い靴が揃えて置いてありました。**彼女は、電話ボックスに入るとき、靴を脱ぐものだと思っていたのでしょうか……。

（ｎｉｒｅｎａ）

靴を脱いで2

ふつうのビルの女子トイレ。３つある個室のいちばん奥、個室と洗面台の真ん中から、やや洗面台寄りに女性ものの靴が一足、揃えて置いてありました。おそらく、**使用中の個室の主の御履物……。**自分が用を足す間も心の中で「ねぇ？　裸足なの？　ねぇ？　裸足なの？」と疑問を投げ続け、わざとゆっくり手を洗い、あれこれモタモタやっても、ついに天岩戸は開きませんでした。金のカメリア付の上品なフラットシューズ（黒）でした。

（るうじゅ）

司会

もうすぐ終電の山手線のなか、「ホストか？」と思うようなチャラチャラした20代前半と思われる男子ふたりが、ちょっと酔って話していました。「そっかー、**今、司会は歌さんなんだー。**オレ、円楽さんが司会のころからずーっと見てないんだよなー」「オレもオレもー」「そーかー、**今の司会は歌さんなんだー**」と……。

（みちか）

刺身

某ファーストフード店で、スーパーの袋から何かをこっそり食べていた、東南アジア系の女の子。覗いてみたら**「マグロの刺身」**でした。

（ツナバーガー）

刺身盛り合わせ

夕方のデパ地下の休憩用スペースに、中年カップルが座っていました。買ったばかりと思われるものを「あーん」して食べさせあっていて、ラブラブです。アラアラ、と思ってよく見ると**「刺身盛り合わせ」**でした。……刺身!? しょうゆはあったのでしょうか……??

（あぴ子）

出発進行

夜、自転車で帰宅途中に、信号待ちでとなりに立ったおじさま。信号が変わると、きびきびとした動作で**「左よしっ！　右よしっ！　信号よしっ！　進行っ！」**と、指差し点呼をなさってから歩き出しました。運転士は君だ♪　……そんな方面のお仕事でしょうか？

（2年B組チャリ通学）

ゴッツーンゴッツーン

お医者さんの待合室に、つるつるに剃髪し、藍の作務衣を着て、手には携帯を持ち、耳にはイヤホンマイクを装着した青年がいました。お薬を受け取り、とてもよい声で「ありがとうございました」と帰っていく足音が**ゴッツーンゴッツーンと異様**なので、つい目をやると、**一本歯の下駄**を履いていました。**とても高い下駄**でした。

（実在すると思っていなかった下駄）

一輪車で

紅葉狩りの岐路で遭遇。**登り車線を、大人の胸くらいまである一輪車に乗り、悠々と上っていたのっぽの男性。**「見た!?　今の見た!?」と車内は騒然。なぜ一輪車で？

（匿名さん）

過去の詮索

とあるショッピングモールで、ベンチに座りながらも前傾姿勢の、イマドキ女子。エキサイトしながらも抑えつつ、ケータイで話しているようす。その前を通り過ぎると、聞こえてきたのは「だからさッ、アタシはアンタの前世のことなんて聞かないじゃないっ！　だから**アタシの前世のことも聞かないでよっ！」**　過去が気になるのかもしれないけど、過去すぎやしないか……？

（匿名さん）

イメチェン

わが子が英会話教室に通いはじめた4月から、いつも一緒になるお母さんがいる。私より絶対若い、20代。**髪型はアフロ。腕にはちょうちょのタトゥー**も入っている。そして、いつも子どもたちに流暢な英語で挨拶している。夏が過ぎて、秋になった。今日は、**ピンク色のふわふわのコートに白のミニスカート＆ロングブーツ、髪はストレー**

トヘアという、とってもかわいくメルヘンな格好で登場。いったい何が起きたの!?
（お堅い仕事をしています）

テイクアウト

日曜日のお昼どきの吉野家にて。お持ち帰りのコーナーに現れた若い女性3人組に、店員さんが**「牛丼43個お待たせしました！」**代金15000円也を支払い、両手に牛丼を満載した袋を持ち、彼女たちは、少し恥ずかしそうに、走り去っていきました。

（ゴマ夫）

猛アピール

停車中の電車のホームを歩きながら「うん、これから電車乗るからさぁ～」と、オジサンが大きな声でケータイで話してる最中に、ドアが閉まり始めた。オジサンの位置は、運悪く車両の連結部分。ぶつかりそうになりながら、ドアに向かってバタバタと走るそのオジサンのせいで、一旦閉まったドアが半分だけ開いて、またすぐ閉まった。が、オジサンは、反射的に**人差し指1本を差し込んで猛アピール。**しかし指を挟まれたまま、ドアはピクリとも動かない。抵抗むなしく指を引き抜いた瞬間、再度ドアが開き、そのオジサンはようやく車内に乗り込むことができた。一呼吸おいて、車内アナウンスが流れた。「発車間際の駆け込み乗車は他のお客様のご迷惑になります。ホームを走る行為も、**指を挟む行為もたいへん危険です。**無理をせずに次の電車をご利用下さい」

（Ｓｈｉｎｋｏ）

人名

どうやら人名の様子である。**「臥雲辰致（ガウンタッチ）」**いい手触りのガウンだからガウンタッチ……とかくだらないことを考えていたら、ご当人は江戸から明治にかけての、**紡績関係の有名人**らしい。どこまでシャレなんでしょうか？

（右手にブランデーグラス）

人名2

仕事柄、年配のかたと接する機会が多い私。ときどき、珍しいお名前のかたと出会ったりもします。今でも思い出すのが**「ジャウ」**という名のおばあちゃん。日本人です。元気かなぁ……。

（さるかっぱ）

人名3

事務作業中、名字ではなく**「助」に「平」と書く名前**が出てきました。そのときは「あれっ？」と思ったぐらいでしたが、20年以上も経つのに、たまに思い出しては、その読み仮名が気になり、**あの人は大丈夫だろうか**と勝手に心配してしまいます。

（心配性）

スカート

とある中華料理屋さんで、となりのお客さんが話していた話です。その人（女性）が、ご友人（女性）と出かけたときのこと。喫茶店に入り、コートを脱ごうとしたところ、ご友人が、青ざめながら「スカート穿いてくるの忘れた！」と。うちに帰って穿いてくる、と言い張るご友人に、とりあえず、近くの洋品店で適当なスカートを買ったら、と提案。そうすることにしたそうです。そして、洋品店に入り、適当なスカートをみつくろい、試着しようとしたところ……。**穿いていないはずのスカートが、ウエストのところにくしゃくしゃになって、たくしあがっていた**そうなのです！　おそらく、あわてて身支度していたか、トイレに入ったときにたくしあげたまま、コートを羽織ってしまったのでは……という結論になったとのこと。あやうくタンメンを吹き出しそうになりました。

（匿名さん）

カゴバッグ

今朝、信号待ちをしていると「カゴバッグ」を持った人が。……いや、何か違和感がある。なんと、カゴバッグを持ってるのは**50歳前後のサラリーマンのおじさん**だったのです！　女性が夏に持つようなカゴバッグなのに！　カゴからは**ノートパソコン**が3分の2ほど出ていて、**お弁当らしい包み**も見えました。（もし上司だったら聞いちゃうかも）

なりかけて？

5歳の息子が『金田一少年の事件簿』にハマっています。が、肝心なあの一言を、キメ顔で**「じっちゃんに、なりかけて！」**と。いろいろ中途半端。

（かなママ）

サッカー好き

サッカーのJリーグが大好きな小学2年生の息子は、転校生のことを**「新加入」**という。

（匿名さん）

男子

昨日、冷たい雨が降る中を傘どころか上着も着ないで遊んでいた長男（小5）。帰宅するころには、病人でした。発熱でうなりながら長男が言うことには、帰り道、寒い寒いとぼやく長男に上着を着て遊んでいた友人

3人が、しょうがないなと次々と上着を長男にかぶせはじめ、そのままシャツやトレーナーまで長男にかぶせ、上半身裸になったそうです。そして雨の中を「修行だーっ！」と叫びながら走っていた、とのこと。男子って、やさしくって、ちょっとバカ。（みんな、熱出してないといいけど）

うれし涙

もうじき1歳になる妹が寝たあと、台所でおでんを煮ながら、4歳の姉モモコと「ケイコちゃん（妹）が産まれたとき、うれしかったたっけねぇ」などと話していました。私が「モモちゃんが産まれたときも、うれしかったたっけよぉ、窓の外の夕日がきれいでねぇ、逆光でモモちゃんの足がバタバタ動いていたのが忘れらんないよぉ」と言って振り返ったらモモコは「（産まれて来てくれて）うれしかったって言ってくれたのが、ウレシカッタ」と、泣いていました。コドモのうれし涙って初めて見ました。

（スギヤマジュンコ）

5歳の限界

我が家の2人の息子（6歳と5歳）。けんかするほど仲がいいとはよく言ったもので、毎日けんかが絶えません。今日は、2人で一緒にお風呂に入っている最中にけんかが始まりました。安アパートなので、声が筒抜けなのです。下の子が、上の子に悪口を言おうとして「あんちゃんなんか、あんちゃんの……**クソババア！**」とのたまいました。聞いていた私は爆笑。上の子、一気に何十歳も年取っちゃってるし！　性別変わっちゃってるし！　下の子のボキャブラリーでは、精一杯の悪口だったようです。（小桃）

オムツ替え

2歳の娘が「ママ、ここに寝てね」というので、寝転がると「かお、うえ向いて」と顔を上向きに直し……「このご本、読んでていいからね」と絵本を手渡され……、**「さ！　う〇ち替えよっか！」**といって、いそいそとオムツを持ってくると、私のオムツ替えごっこを始めたのです

〜〜〜！

（ななママ）

小泉さん

うちの息子（7歳）が、プラレールで「なんば〜関空」の線路を作っているときの会話です。「かーちゃん、ラピートは、**今の首相にそっくりやなあ**」「えっ、小泉さん？」「うん！　ほら、見てみぃ、ここが髪の毛のこんなんなってるところで、はなやろ、めぇの下こんなんなってるやろ。そっくりやん！」そのときは分からなかったのですが、後々じっくり見てみたら……そっくりでした。機会があれば、ラピートの正面顔を見てください。そっくりです。

（てぬきのたぬき）

たしかにピンチだが

5歳の娘とアンパンマンミュージカルへ行ったときのこと。アンパンマンがばいきんまんに攻撃され、大ピンチに。アンパンマンはここが見せ場とばかり、「負けないぞ！　がんばるぞ！」と歌い踊る。すると隣に座っていた男の子が「アンパンマーン、**踊ってる場合じゃないーーー！**」と、絶叫。でもミュージカルってそういうもの……。

（ゼブラシ）

変身も大変

2歳の娘が、戦隊ヒロインに変身して遊んでいましたが、変身の際クルクル回転するので、変身完了するころには**目が回って腰が抜けています。**

（チビレンジャーのママ）

怖い顔

2歳になった娘とにらめっこ。**すっごく怖い顔**をしてみたら、半泣きになって**「ママー怖いよーたしゅけてー」って抱きついてきた。**あなたが助けを求めてる人は、怖い顔をした人だよ？　しかもまだ怖い顔のまんま。

（りりりん）

怖い顔2

今朝10才の長男が、私が出したマグカップを見て「これ、なんかついてる。汚いから替えて！」と。すぐに私が「それは汚れじゃないねん！古いから色がはげてそう見えるねん！」と言うと「じゃあ使うわ。**お母さんの顔怖いから……」**（あかね）

物干し台

中学3年生の娘が2歳ぐらいだったころのこと。部屋で遊びに夢中になっていたので、そのすきに洗濯物を干していました。ふと、不安になって私を探し回っていた娘が、私を見つけて一言。**「な～んだー、お日さまのところにいたのかー」**こういう子どもの豊かな発想と表現力によく驚かされました。いま思い出してもほのぼのします。（匿名さん）

電車の中で

先日、混んでいる電車に乗ったときのこと。長い座席の真ん中あたりで不審な動きをしているオジサンがひとり。……なんと**ヒゲを剃っ**

ている!　しかもホテルに置いてあるような白いT字のカミソリで。水もなく、石鹸もないのですが、左の頬からジョ〜リジョリ。……なんかあんまり剃れてない。あまりじっと見るのも悪いかとしばらく外の景色を眺め、再びオジサンのほうに目を戻すと、カミソリは右の頬へ移っていた。おお、そこまで行ったかと思った瞬間、オジサンの鼻の下に**一本の赤い線が!**　それには気づかず、オジサンは満足げに髭剃りを終了、アゴに手をやり、そして鼻の下へ……。「あっ!」と異変に気づいたオジサン。指につばを付けては、ぺっぺと鼻の下に塗りこんでました。**面接に行く雰囲気**だったけど、ぶじ採用されたかな……。

（次は高の原）

電車の中2

電車の連結部を個室化し、大声で演歌を歌っているオジサンを見ます。

（私は音痴）

電車の中で3

電車の中で隣に立つ人は、いろんな意味で気になるものだ。今朝は、ふと手元に目が行った。手に、トランプを持つ男だ。1枚を、慎重にトランプの一番上に持ってきて、**パチン。**表に返すと、ダイヤのエース。もう一度裏に返して、**パチン。**表に返すとスペードのキングだった。**駅に着いた。**

（パチパチパチ）

電車の中で4

地下鉄に乗っていたときのこと。車両内で、紙をやぶるような、ビリビリだか、バラバラだかいう音が、何度も何度も聞こえてくる。不審に思ってあたりを見渡すと、**オールバックの男性**が、華麗に**トランプをシャッフル**していた。

（マジシャン……？）

電車の中で5

今朝、電車のなかで、オジサンが片手に**キャベツ半玉**を握りしめ、ちぎってはむしゃむしゃ、ちぎってはむしゃむしゃと食べていました。（りわお）

電車の中で6

電車で、わたしの隣に、目の覚めるような**蛍光オレンジのスーツ**を着たお兄さんが座りました。すごく目立ってて気になるもんで、チラチラ見てしまう。ちょっとホスト風のメッシュ入り茶髪、シャツはエルメス風の柄もの、左手首に金ピカのロレックス、右手首の太い金のブレスレット、ヒザの上の鞄は、ブルーグリーンのオーストリッチ、ちょっとのぞいた足元は黄緑色の革靴。**なんでここまで覚えているのか……。**ナニモノなんだろう。（ほったこ）

電車の中で7

朝の通勤電車で見かけた女性は、なにやら口に**黄色いもの**をくわえていました。しかもお化粧をしながら。よくよく見ると**乾燥マンゴー**

でした。噛みもせず、口に入れてもしまわずに5センチほど、ずっと出ている乾燥マンゴー……。

（匿名さん）

電車の中で8

電車に乗っているとき、目の前にOLさんが立っていました。手にはピンク色のニンテンドーDS。指先はジェルネイルがかわいい感じで、おしゃれやなーとぼーっと見てたんです。そうしたら、おねーさんが、ふとDSの手をとめ、バッグ（ピンク色）のポッケをモゾモゾしはじめました。出てきたのは、**さきいか。**おねーさんは、そのさきいかをぽいっと口に入れて、DSにまた集中。急に目をそらしたら怪しまれると思い、目の焦点をずらしてなんとか凌いでいたのですが、**隣のサラリーマン**が**高速で二度見**している気配を感じ、思わず**「んふぅ」**と変な声が漏れてしまいました。そのせいかわかりませんが、おねーさんはちょっと遠くの席へ。でも、電車が揺れるたびにチラ見えして、ますますツボに。口の中の「さきいか」がなくなると、おねーさんはバッグから「さきいか」を取り出し、口にぽいっ。DS↓さきいか↓DS↓さきいか……永遠に続くかと思ったそのとき、私の駅に到着。降りる直前、**奥歯にひっかかった「さきいか」を指をつっこんでとってた**のも見てしまった……。長くてスミマセン。（そして同じ駅で降りた）

電車の中で9

前に座っていたおばちゃんが、スーパーの袋から**大根**を取り出し、**膝で割ろうとした。**が、割れない。今度は大根に爪で筋を入れて再チャレンジ。功を奏し、見事に真っぷたつ！　でも何で電**車の中で大根を真っぷたつに……？**（匿名さん）

義父の達観

お義母さんの作ってくれたカニサラダ。一口食べて「このサラダ、味がおかしくないですか……？」と隣のお義父さんに聞いた。「うん、そうだね。お母さんに言ったほうがいい」と言いながら、**黙々と平**

らげたお義父さん……。

（みくぽんち）

奥さんの悩み

母といっしょに買いものに出掛けた際、すれちがった夫婦のダンナさんが、**ものすごく急いだようす**で「だからね、奥さんはずーっと**ブルーレットで悩んでる**んだってば！」と言っていた。一体どんな悩みなの、それは？

（美味しんぼ）

父の練習

父（64歳）が部屋の片隅で、しきりと「ドナルドダックのものまね」をしているので「……ボケたか？」と心配になり、声をかけてみると、**ビートボックスの練習**だった。なぜにビートボックスか気になるが、どちらにせよ正気で安心しました。

（お父ちゃん頑張って！）

父の日曜

日曜日、**フルボリュームで「おしりかじり虫」**をかけながら、黙々と夕飯づくりにいそしんでいた父……。
（a）

父のメモ

日記とまではいかないけれど、何かしら感想メモのようなものを、毎日手帳につけている父。孫をつれて動物園に行った日、遊び疲れて手帳を広げたままコタツで居眠りしてしまったので、見る気もなく片付けようとしたらその日のメモが、目に飛び来んできた。**「レッサーパンダ↓1番かわいい」**ふふふ。そうか。そうか。父さん……いい夢みてちょうだい。

（甘えん坊将軍）

父の参列

めずらしくスーツを着た父が「葬式に行ってくる」と言って、**家の小型船舶で海に出ました。**

（しおいらず）

Radio Wada

解説

千年後のみなさんへ

田中泰延

いま、わたしは西暦３０１６年の人に向けてこの本のあとがきを書いている。

冗談だと思われるかもしれないが、ガチである。千年後の人にはもはや意味がわからない日本語だと思うので説明を加えておくと、「ガチ」というのはマジという意味である。よく考えたら「マジ」もきっとわからないだろう。要するに本気という意味である。西暦２０１６年ごろには、本気と書いてマジと読んでいたのである。

この本は、みんなから寄せられた、クスッと笑える話、あきれた話、ちょっとびっくりした話、そんな日常の中のささやかなエピソードをあつめた小ネタ集である。これが、まさか千年後にも読まれているなどとは、多くの人は思いもよらないだろう。

しかし、小ネタこそ、千年後もいきいきと残るのだ。

みなさんは、こんな話をご存知だろうか。

「あるパッとしない勤め人がいた。ある日、彼が『ああ、一度でいいから、芋粥を腹いっぱい食べてみたいものだ』と嘆いた。それを聞いた藤原利仁という、後に将軍になる人が、『そんなに食べたいのか』と聞くと、『食べたいです』と答えるので、利仁は『では腹いっぱい食わせてやろう』と言った。後日、勤め人が利仁の屋敷に招かれてみると、何十人もの家来が芋を屋根まで積み上げて、大きな釜を5個も6個も並べて茹ではじめた。あまりにとんでもない量に、勤め人は見ているだけで食欲を失った。そこへできた芋粥を、一斗缶のような容れ物に3つも4つも並べて、『さあ、お食べなさい』と言われたものだから、勤め人はうんざりして、とうとう一盛りも食べられずに『もうたくさんです』と言うと、そこにいた全員が大笑いした」

聞いたことがある人も多いだろう。教科書にも載っているし、芥川龍之介の小説の元にもなった。

これは日本の古典である『今昔物語集』と『宇治拾遺物語』の両方に載っているエピソードを、わたしが現代語にしたものだ。前者は十二世紀ごろ、後者は十三世紀ごろにまとめられたといわれているが、元になった話に名前の出てくる藤原利仁が将軍になったのは西暦915年という記録があるから、ざっと1100年も前の逸話である。

この話が、いまあなたが手にしている小ネタ本に載っていたらどうだろう。

今日の食べすぎ

イモ

万年平社員のうちの夫は、待遇に嫌気がさして、会社で「あーあ、給料が安くて腹いっぱいイモも食えねえわ。会社やめたろか！」と叫んだところ、ムッとしたのか聞きとがめた上司に「なら食わしてやる。俺んちまで来い」と言われました。日曜日に家に呼ばれてみると、

庭に屋根までイモが積んであって、ほら食え、さあ食え、どうぞどうぞと言われたそうです。夫は「いや、十分です、たくさんです」と答えて、またおとなしく会社に通っています。

（匿名妻さん）

……なんら違和感がないことがお分かりいただけるだろう。

『宇治拾遺物語』には、こんな話も載っている。

「比叡山で、田舎から来た子供が、桜が散るのを見てさめざめと泣いていた。それを見たお坊さんが感心して、『桜が風に舞うのを見て、世の移り変わりのはかなさに泣くなんて、君は子供ながら、感受性が鋭いねえ』と声をかけると、子供は『違う！桜なんかどうでもええ！　風が吹いたらうちの畑がやられて、収入が減るから泣いとるんじゃ！』と言って爆泣きした。なんやねん……。」

（『宇治拾遺物語』巻一 十三より現代語訳）

なんとも、坊さんにしてみたら災難な話である。この話も【今日のコドモ】の投稿にあっても、なんの違和感もない。

『今昔物語』にはこんな極めつけの話もある。

「今は昔、秦武員（ハタノ タケカズ）という小役人がいて、禅林寺の偉いお坊さんたちと話をしているときに、うっかりおならをしてしまいました。一瞬、みんな顔を見合わせたけれども、気まずい沈黙が流れました。『……。』『……。』沈黙に耐えかねたのか、タケカズ君が突然『し……死にたい！』と叫んだので、お坊さんたちはドッと笑い、タケカズ君はそのすきに走って逃げました。以後しばらくタケカズ君は禅林寺に近寄らなかったそうです」

（『今昔物語集』巻第二十八 本朝付世俗　滑稽譚より現代語訳）

千年前のタケカズ君のおならは、２０１６年の世界でも、あざやかに音を鳴り響かせているのである。

ほかにも、

「『ぼた餅ができたよ～』と寝起きに言われたコドモが、（すぐに『ハイ！』と起きると、がっついてるみたいだからもう一回言われるまで寝たふりしよう）と思ったがみんな食べ始めたので、えらい遅れて『ハイ！』と言って起きてきた」

「妻の帰りを家で待っていた夫が、妻のお義父さんが訪ねてきたのに気づかずに『おかえり～！』とフルチンで出迎えた」

とか、笑える小ネタが満載だ。

だが、古代の人が、こんな小ネタに大笑いだけして生きていたかというと、そんなわけはない。これらの本ができた時代の社会をみてみよう。

「元暦元年二月八日
梶原景時から飛脚がきて『平家をことごとく討ち取った』と報告があった。内容をくわしく聞くと、『源義経が丹波城と一谷を攻め陥とし、平氏を福原に追いつめた。籠城する者は皆殺しにして、四、五十艘の船で逃げたのにも火をつけて、全員焼死させた』とのこと」

じつに殺伐としている。これは『玉葉』という、十二世紀当時の貴族の日記をわたしが現代語に訳したものである。社会はつねに争いに満ちている。

いつの時代も、ほのぼのと笑って暮らす庶民もいれば、天下を獲るか失うか、死ぬか生きるかで戦う人々もいるのである。

千年前もいまも、「世界をなんとか自分のもの」にしたくて争う人たちがいるのだ。この世界の、権力と富を手にすれば、なんでも思い通りになって、きっと笑って暮らせる。

それは、世界を奪い合う行為なのである。

対して、千年前の本や、この小ネタ本で、つい笑ってしまう話を教え合う人たちとはなんだろう。

千年前もいまも、「世界ははじめから自分のもの」だということがわかっている人たちがいるのだ。この世界の、明るい陽射しを、あたたかい膝カックンを、やさしい驚きを伝え合えば、きょうも笑って暮らせる。

それは、世界を分け合う行為なのである。

クスッと笑える話を伝え合う人たちは、世界は殺し合って奪うような、そんなものではなくて、「最初からここにあるよ、ほら」と笑いながら教えてくれて、教えられた自分も笑っちゃうのである。

西暦３０１６年のみなさん、そしてこの本を世界各国語の翻訳版で手に取るみなさん、千年後の世界は、変わってしまったことも、なにも変わらないこともあるだろう。ただ、どうか世界を奪い合わずに分け合って、４０１６年、５０１６年と世界を小ネタで満たしてほしい。どうぞよろしくお願いします。

そして、千年後にも読まれるこの本のあとがきを書いたことで、わたしの名前も千年後まで残るのである。

（二〇一六年七月　田中泰延／コピーライター）

本書は、ウェブサイト「ほぼ日刊イトイ新聞」のコンテンツ「今日の小ネタ劇場」に寄せられた読者投稿を、抜粋・再編集して構成したものです。

ほぼ日刊イトイ新聞
http://www.1101.com

ほぼ日刊イトイ新聞は、糸井重里が主宰するウェブサイトです。1998年6月6日に創刊されて以来、一日も休むことなく更新され続けています。パソコン、携帯電話、スマートフォン、タブレットなどから、毎日無料で読むことができます。

小ネタの恩返し。 アマデウスは登場しない編

二〇一六年九月一日　初版発行

著者　ほぼ日刊イトイ新聞
構成・編集　奥野武範
進行　茂木直子
協力　斉藤里香・鈴木　綾・井澤知士・岡田　航・西尾もも
監修　糸井重里
挿画　和田ラヂヲ
本文デザイン　清水　肇・梅崎彩世（prigraphics）
印刷・製本　株式会社 光邦
感謝　投稿してくださったすべてのみなさん
発行所　株式会社東京糸井重里事務所
〒107－0061　東京都港区北青山2－9－5　スタジアムプレイス青山9階
ほぼ日刊イトイ新聞　http://www.1101.com/

ISBN 978-4-86501-228-6 C0095 ¥800E